저부실 사람

나남
nanam

나남시선 90

저부실 사람

2018년 6월 12일 발행
2018년 6월 12일 1쇄

지은이 남찬순
캘리그래피 권혁영
발행자 趙相浩
발행처 (주) 나남
주소 10881 경기도 파주시 회동길 193
전화 (031) 955-4601 (代)
FAX (031) 955-4555
등록 제 1-71호 (1979.5.12)
홈페이지 http://www.nanam.net
전자우편 post@nanam.net

ISBN 978-89-300-1090-0
ISBN 978-89-300-1069-5 (세트)

나남시선 90

거부실
사람

남찬순 시집

나남
nanam

시집을 내며

어느 날 문득 산허리 돌아
마루 넘어가는 길이 보였다
내가 가고 있었다.
고개 넘어가면 어딘지,
하늘을 봤다
구름 한 조각 그냥 웃고 있었다.

나름대로 쓴 시를 모아 보니
책은 될 것 같은데
자신이 없었다.
짐 자무쉬 감독의 영화
〈패터슨〉을 보고 그래도
시집이라는 걸 내야겠다고
용기를 냈다. 아내도 은근히
권유했다.

계속 쓰고 싶다.

그 마루에 서서
마지막 쓴 시를 낭송하기
직전까지.

2018년 5월
남 찬 순

나남시선 90

저부실 사람

차 례

시집을 내며 5

제1부
세상사는 맛

제 2 부
흐릿한 묵화들

새벽 풍경風磬 소리

제 4 부

저부실 가는 길

제 1 부

세상 사는 맛

스님 또 웃으시네

하안거 끝내고 일주문 나서는 스님
흰 구름 한 점 보고
싱긋 웃더니
마음도 바랑도 다 비운 듯
한 줄 바람결에 내려오시데.

시멘트 다리 건너
마을 앞 느티나무 그늘
맥고모자 벗어 땀을 닦다가
장삼에,
홀쭉한 바랑에,
어느새 흠뻑 오줌 싼 지도 보고

허어

허허허
또 웃으시네.

산들바람 가는 곳

옷깃 사각거리는 소리 들린다
조용하던 나뭇잎들 웃음 퍼지고
코끝을 스치는 늦봄의 향기.

풋내 나는 머리 풀어
살랑거리며 어디로 가는가
이 밤에.

아파트 옆 조그만 공원
누군가 긴 의자에 누워
코를 골고 있다
머리맡에 큰 비닐 보따리 두고.

약국에서 얻은 부채를
쉼 없이 부쳐 주시던 어머니
꿈속 어머니의
부채바람에

못 참네 숲길 가로등도
연신 하품을 하더니 고개 떨구네.

코 고는 소리 점점 높아지는
오솔길 따라, 횡단로 건너
또 이웃 동네로 돌아다니는
산들바람.

이런 늦봄 노을 지면
잊지 않고 찾아오는,
새벽이 열리고 새소리 들리면
또 어디론가 흔적 없이 가 버리는,
산들바람.

빈 집

앞산 밑에 쭈그리고 앉아 있는 빈집
허연 머리골 진 사이사이에
잡풀 다락방 몇 개 지어 놓았다.

바람 한 줄기
뒤뜰에서 볼일 보고 지나간 오후
허물어진 흙벽 사이로
나뭇가지 엮은 앙상한 골격이 드러나고
색 바랜 벽지가 바람에 나풀거린다.

밤새 사랑했던 들고양이 새서방
안방 아랫목에 누워 있다가
누가 불렀나 슬그머니 나가고
울 넘어 기웃거리던 참새들
이제는 제집 됐네
마루에 전 펴 놓고.

사방으로 열린 문
누가 들어와 놀고 간들

이슬 내린 어제 밤에는 별도 달도
옷 말리고 갔다네.

해마다 더 구겨지지만
마음 매달지 않는 빈집
등불 내걸지 않아도
이 밤 또 붐비겠네
술 담가 놓지 않아도
술 냄새 넘치겠네.

부처 바위

이글거리던 가슴
붉은 피 토하며 삭인 지 천 년
칼끝같이 예리하던 몸뚱이
혼자 다듬으며 씻어 온 세월
또 천 년

저 침묵의 바다에는 무슨 사유思惟 있는지
아직도 못 버린 분노만 베고 누워 있는가
또 다른 천 년이라도 기다릴 사람 있는가.

구름 속 불쑥 나와 손짓하는 만삭 달아
잠시 웃다 가 버리는 점박이 노루야
부끄러운 날개깃 감추는 까투리야
아느냐.

다만
바람 한 줄기 지나가는
빈 마음뿐
앞으로 또 천 년 지나도

가부좌 흐트리지 않는
돌부처라는데

이 밤
달그림자는 왜 곁에 와 앉아 있느냐.

가을 삽화

땅도 노랗고 하늘도 노란
은행나무 가로수 길
가을비는 전조등 불빛 받아
거미줄을 그리다가
아스팔트 길 위에 꽂힌다
서릿발 가시처럼.

머리 흰 남자가 물 뚝뚝 떨어지는
우산을 들고 뒷좌석으로
넘어질 듯 지나간다.

빗방울은 차창 위에 구르고
버스는 갈 길 철벅이며 떠나고
흘러간 노래는 다시 안개처럼 깔리고.

모두가 무슨 생각의 고리에
쇠사슬을 걸어 놓고 있는가
어디론가 끌려가는 차가운 병마*들.

친구 병실 갔다 오는 아내는
손수건 꺼내는데
부연 차창에는
언뜻언뜻 스치는 불빛
손글씨 자국 흘러내린다.

훌쩍이는 소리가
살얼음처럼 조여드는
늦가을.

---

* 진시황 병마용갱(兵馬俑坑)의 병사와 말.

여행 선물

남녘 창을 등 뒤에 두면
신문활자들이 모두 일어나
매스 게임을 한다.
하얀 카펫이 깔린 바닥에서.

일없는 커튼은 옷자락만
슬그머니 올렸다 내렸다 하고
햇볕은 살짝
들어왔다 나갔다 하고.

아내가 보는 아침 신문
사각거리는 소리 멀리 들릴 때

나는
바람도 머무는 들길
하늘도 산도 마을도 졸고 있는
그 들길에 앉아

안경을 벗는다.

언덕에서 바라보는 지중해
파란 하늘과 바다가 만나는
골목길 계단으로 내려간다.
발갛게 탄 젊은이
웃는 모습이 장미 같다.
남태평양의 손바닥만 한 섬
줄지어 뛰어다니는 돌고래
하얀 뱃가슴에는 무지개 걸리고
머-언 화물선이
수평선 위에 떴다 잠겼다
놀며 간다.

혼자 다닌 꿈속 여행
아침 먹고 할 일 없는 사람이
어느 날
보낸 이도 모르고 받은
귀한 선물.

노을과 단풍

하늘과 땅이
사랑에 빠져 있네
붉게 타오른 단풍과
붉게 타오른 저녁노을이
맨살갗 맞대고
한 몸이 되어 있네.

더 이상 번질 자리 없던
이 가을 단풍은
횃불처럼 하늘로 치솟아
푸르던 하늘 저리도 물들이고,
긴 세월 가슴 속으로만
불태우던 저녁노을은
오늘에서야
이 도령이라도 만났는가.

하늘과 땅은 본디 모습 없어지고
세상은 일렁이는 붉은 바다일 뿐.

금기의 선線도 잊어버렸는가
온몸 허물며
사랑에 빠져 있네.
저들은.

화살표

그래 알지
너의 삼각형 머리 속에는
딱 한 가지 정확한 지혜가 있다는 것을.
그 지혜를 얕봤다가
황당하게 돌아다닌 일도 있지.
그게, 네가 풀밭에 숨어 있거나
오랫동안 보이지 않으면
너를 열심히 찾는 이유야.

그러나 항상 네가 필요한 것만은 아니지.
마음 내키지 않으면
무시하고 싶을 때가 많아.
너는
꼭 끝나는 쪽으로만
머리를 눕혀 놓잖아.
네 삼각형 머리를
왔던 길로 되돌려 놓을 수는 없니?

나는 지금 네가 끌고 가는 길
종점을 잘 알아.
벌써 눈앞에 보이잖아.

너는
손사래 치겠지.
옆길로 가면 분명히
가슴 태우며 눈물 흘리고
후회한다는 거지.

하지만, 나는 지금
너의 말을 등 뒤로 흘린 채
옆길로 가려 해
일탈의 짜릿함이라도 즐겨 보려고.

진피 점

뽐낼 훈장도
슬픈 주홍글씨도 아니다
다섯 바늘 짜깁기한 상처는.

칼자국 얼굴에 붙인
서부영화 악당처럼
지금은 아무리 분장해 보아도
선한 주인공 되기는 글렀지만.

길 가다 괜히 얼굴에 벽돌을 맞았거나
하늘을 날던 새가
지울 수 없는 물똥을 찍 갈겼다면
얼마나 억울한 설명을 해야 할
분한 일일까
마음 꿰매 보다가,

아버지도 그랬지
눈 밑에 수박씨 한 알 같은 점.

거울 저편에 서 있는 그 분이
나를 보고 웃으신다
나도 웃는다.

지팡이

가파른 등산길 올라가는 자리
못난 나뭇가지 하나
손때 묻은 얼굴 들고
고목나무에 기대 있네.

그 지팡이 짚고
산꼭대기 바람 한바탕 쐤다가
흥얼거리며 내려오는 길.

처음 손때 묻힌 사람은 누구일까
생각하며
그 자리에
다시 세워 놓았는데

볼일 보려 망설이던 강아지도
지나가던 산바람도
스치지 않으려고
살며시 옷깃 추스르데.

입 추

아침 신문을 읽는데
바람이 방해한다.
읽지 않은 이야기를 자꾸만 넘기려 든다.

숨조차 못 쉴 더위 피하려
창문 다 열어 놓고 헉헉댔는데
오늘 아침은 웬 바람이
문지방까지 건너오는가.

남쪽에는 태풍이 다가온다는
예보도 있고 해서
이 바람이 그 바람이구나 하다가
오늘이 말복이자 입추라는 아내 말에
'아하, 그렇지' 맞장구치는 아침,
매미 소리가 마지막 발악처럼
더욱 요란하다.
햇살은 한풀 죽어 창가에 비켜 있고.

옛사람들이야

하늘의 본성을
자 재듯 하지 못했을 텐데
어떻게 이런 오묘한 절기의 선을 그었을까.

가을바람 일부러 때맞추어 달려온 건가
기죽은 더위
입추 아침.

목련꽃

크리스마스는 몇 달 전에 지나갔는데
시샘 눈도 한 달 전쯤 왔다 갔는데
마른 나뭇가지에 하얀 전구가
가득 걸렸다

어젯밤에는 실비가 오더니
오므라진 얼굴을 환히 폈네
가지마다 눈꽃송이다.

마을회관 앞마당에는
크리스마스 축제가 한창이다.

새 싹

흙더미 들치고
뾰족이 고개를 든다.

아침 햇살을 향해
합장하는 이 아침

어느새 깨우친 것인가
웃는 얼굴이
산사山寺의 부처님 같다.
하늘을 향해 벌린 두 팔도
바다보다 넓다.

첫걸음 떼는 지혜나
받드는 마음이나
사람보다 낫다.

영산홍

빨간 입술 뾰족이 내밀고 있다가
오늘 아침에는
진홍색 꽃잎을 활짝 펴 보였네.

작년 봄에도 할 말이 많은 듯싶어
수없이 얼굴을 맞대 보았지만
실없이 지나갔지 봄날은.
떨어진 꽃송이만 수북이 깔아놓고.

또 얼굴을 맞대고 있네.
글귀 한 줄이라도 얻으려고.
저 진홍색 꽃잎에 왜 미명未明 같은
옅은 그림자가 깔려 있는가
왜 잔물결 같은 떨림이 있는가.

그냥 지나가고 있네
이 봄날 하루도
글귀 한 줄 주지 않고.

선인장꽃

하얀 눈물이구나
핏물이 든 하얀 눈물이구나
뭉툭한 손가락 끝에 피어오른
꽃.

한 뼘 그릇 안에 뿌리 앉히고
네 핏속의 전설을 일구었구나
가시로
가시로 꽃을 피워냈구나
아득한 돌산
모래바람 모퉁이에 오뚝이 서 있는
꽃.

시멘트 벽 사이로
얼굴만 내밀고 돌아서는 기운 달
그림자 보며
온몸에 가시 돋우었느냐
서러운 꽃씨 하나 품었느냐.

독기 서린 너의 얼굴 피하며
한 줌 사랑이라도 더 할까
자리 골라 옮겨 주지만
여기는
돌아갈 수 없는 먼 이방異邦.

실낱같은 겨울 햇살 모아
저토록 고운 꽃 피워 놓고

이 아침에도
깡마른 몸 비틀며
차가운 눈길만 보내는구나
너는.

연꽃

꽃잎에 내 모습이 어리네요.
고개를 숙이고
못 본 척 지나갑니다.

연못 구석 나무 뒤에 숨어
바라보고만 있습니다.
발걸음이 떨어지지 않아
나무가 되어 버렸습니다.

바람도 고여 있습니다
살짝 스치기만 해도
생채기 낼 것만 같아서요.

7월의 구름 한 조각은
아예 멀찌감치 돌아갑니다.
그림자라도 드리울까 두려워서요.

어떻게 하면 될까요
청정무구 저 앞에
가까이 다가서려면.

백번을 씻고 씻어 볼까요
뉘우치고 뉘우치며 백날을
하얗게 지새워 볼까요.

아들

주름 가득한 아주머니가
자기보다 더 큰 가방을 끌고
지하철 계단 앞에 섰다.
가마득하게 보이는 계단
생각이 막힌다.

사람들은
돌덩이 피해 갈라져 흐르는 물살처럼
끊임없이 스쳐 지나가 버린다.
아주머니만 우두커니 서 있다.

한 계단 오른다.
어쩔 수 없이 끌고 가야 할 짐
지나온 세월이 모두 그랬다.

다시 안간힘을 쏟아 보는데
가방이 번쩍 들린다
한 젊은이가 웃는다.

날개 달린 듯
훌쩍 훌쩍 올라가는 고생덩이
눈인사 한 번 하고는
사람 속에 휩쓸려 가는
키 큰 청년.

저만큼은 됐으려나?
덧니 웃음 또 눈앞에 어린다.

손수레 할머니

집 안에 쪼그려 있으면
툇간 늙은이 소리만 듣지
허리 굽어 앉은뱅이 됐어도
하루 몇 천 원 벌이
내 손으로
아들 딸 다 결혼시켰다
폐지 모으는 일도
내 자랑스러운 한평생 직업.

온 동네 모은 신문지에는
더러운 돈, 더럽혀진 돈 얘기가
춤을 추는데
하루 종일 손 씻을 틈 없고
손톱 갈라졌어도
하얀 돈만
쌈지에 넣고 다닌다는 할머니.

어쩔 거냐
성질 급한 횡단로 빨간불.

고개 돌려 씽끗 눈짓 한 번 주고
돛배 흐르듯 유유히 건너가네
조롱박 등에
하얀 햇살 소복이 얹고.

고맙다

전등 하나
천정만 보고 있는 흐릿한 병실.

아이 머리맡 지키는
어머니는 밤새도록
고맙다는 말만
하고 또 하네.

이것아, 네가 도로
나를 살려 놓는구나.
고맙다
고맙다.

뜬눈으로 지켜보던 인왕산 바위
아침 햇살을 받아 거울 같네.

코 고는 아이는
언제쯤 헤아릴 수 있을까
저 무량無量의 바다를.

인사동에서 있었던 일

탈을 쓴 광대 춤추는 광대님
길거리 나선
그 사연 듣고 싶소.
웃는 탈 한번 벗어 보시겠소.

춤가락에 실린 하루
울컥울컥 되새김하는
꽹과리 소리 거둬 주시오.
디딜방아 들고 드는 다리
목 긴 신발도 벗어 주시오.

바구니에 든 동전 몇 닢
지나가는 사람들 다 보게
길가에 놔두시고
막걸리 한잔 하시겠소?

탈 벗고
목 긴 신발도 벗고
마음 열면

이팔청춘 신명이라도
질펀히 깔리지 않겠소.

"공짜로 보시려면
괜히 자리 차지하지 마시고
가던 길이나 어서 가시오"

탈 속의 눈빛이 따가워
바쁜 듯 고개 돌린다
집에 갈 일 뿐이면서.

장승

마을 앞 상수리나무
앞산 바라보며 어깨춤 출 때
참새 몇 마리 포르르 마중 나갈 때

마을 사람들은
창문을 열고 커튼을 살짝 올려 둡니다.
언덕을 넘고 강을 건너
살며시 들어오는 그이를
맞이하기 위해서지요.

누구인지 아시겠습니까.
만져지지는 않지만 얼굴 맞대 보면
융단 같은 피부를 가졌고
감싸이면 어머니의 젖 내음이
난답니다.
보이지는 않아도 색깔이 있다면
연초록이거나 연한 연지색일 겁니다.

한때 소쩍새 우는 고향 길에서
잠 못 이룬 적도 있지만
지금은 슬퍼할 일도
반길 일도 없습니다
상엿집 샛길에는
풀 더미만 수북합니다
녹슨 자물쇠는 입 다문 지 오래됐고요.

홍매화 턱 받치고 기다리는 고갯길에
이른 아침부터 따라 나왔지만
기다릴 사람 없습니다
기다리는 듯 서 있습니다.

무제

참 영악한 놈
바꾼 비밀번호도 조작하는 상습범이다
살살 창문 앞에 다가와 며칠째 엿보더니
한눈파는 사이에 날름 방 안까지 들어왔다
바람처럼 보이지도 않고 잡히지도 않고.

별짓을 다하며 야단이네
미닫이문 열었다 닫았다 하고
천장을 쾅쾅 두드리기도 하고
구들장도 쿵쿵 밟고
후닥닥 문밖으로 나가는 것 같더니
다시 들어와 또 그 짓이다.

지난겨울에도 그랬다
꼼짝 못하게 하는 데 일주일이나 걸렸지
그것도 이웃 도움까지 열심히 받으면서.
요즈음은 이놈이 나를 얕보는 게 분명하다
휘파람까지 불며 내 안방을 무상출입하니.

한번 제멋대로 놀게 놔둘까 하다가도
이거 봐라
정말 수염까지 뽑으려 하네.
몸은 물먹은 솜
뺑뺑이 돈 것처럼 어지럽다
홧김에 열이 오르고
고함을 지르다 보니 목소리도 변했다.

그 참!
어젯밤도 이놈 때문에 잠 한잠 못 잤고
아침에는 콧물이
날씨 풀린 날 고드름 녹듯 하네.

언젠가는 제발 그만 괴롭히라고
빌지도 모르겠지만
지금은 하는 짓이 너무 괘씸하다.
손에 피멍울이 맺혀도 창문에 대못을 쳐
내, 꼭 이놈을
얼씬도 못하게 만들어야 하는데.

고양이

싸락눈이 얼어붙은 초저녁
노란 유치원 버스 밑에
점박이 고양이 한 마리 웅크리고 있네
바라보는 눈빛은 번쩍이는 비수
얼굴은 시베리아 호랑이인데
실 같은 목소리로 야-웅 야-웅 하네.

숨어 다니며 훔쳐 먹는 버릇
더러운 손목 자르고 싶어도
가슴 파고드는 새끼들.

힐끔 보더니
이빨 드러내고
발톱 한 번 내밀다가
목구멍이 포도청이라나
기어가는 목소리로
"한 푼 줍쇼" 하네.

시구문 밖 밥그릇 들고 서 있던
그 사람도
재상 핏줄이라더라.

그래서?

한강 신춘무대

얼음조각 다 씻어낸
눈부신 물 위에
햇볕 길 하나 난 곳은
객석으로 들어오는 통로다.
한낮인데도 앉을 자리가 없다.

떴다 가라앉았다 하며 먹 감는 놈들
유리가루 햇살조각 모이질 하는 놈들
다리 밑동에서 날개깃 말리는 놈들.

풋잎 겨우 눈뜨고 있는 밤섬*은
특별석이다.
물오르는 버드나무 위에
오뚝이 앉아 있는 놈들
섬 모래톱에는
하얀 카펫이 깔려 있고.

무대는 강변북로 둔치
출연진은 봄에 취한 인간들

제작은 국토부와 서울특별시.

국회의사당 둥근 지붕 위에 불길이 번지고
샛길 가로등 들어오고서야 막이 내린다.
몇 놈들은 벌써
물기 배인 나래 털며 나갔고.

저놈들은 오늘 밤에도
삼겹살 다 태울 거다.
신춘무대 배꼽 잡았다며
밤새는 줄 모를 거다.

---

* 밤섬: 여의도 맞은편에 있는 한강의 섬.

라마 이야기
— 2012. 9. 16.

라마, 우리의 슬픈 이름이여!
눈 제대로 뜨지 못하고 처음 안겨 오던 날
무슨 삶의 계시가 있었던가.
넌 아는 이 없는 어미 품 떠나
홀로 우리에게 운명처럼 왔었다.
먼 우주에서 씨앗 하나 그냥 날려 왔듯이
실낱같은 생명의 끈 하나 잡고
아무런 연유도 없이.

어느 늦여름 안면도의 솔밭.
높푸른 하늘도 웃고 짙푸른 바다도 웃고
어머니 품처럼 포근하던 모래밭도 웃고
떼 지어 내려앉은 갈매기도
우릴 보고 웃는데,
바다를 처음 본 너는
앉았다 날다 날다 앉았다 놀리는 갈매기
신들린 듯 쫓아 다녔지.

이른 봄
우리는 그 백사장에 다시 갔다.
너의 하얀 육신을 안고
파도가 눈물 씻어내는 모래톱에 서서
너를 뿌렸지.
꿈같은 12년의 동거
그 세월도 함께 실어
먼 우주로 어미 품으로 널 다시 보냈다.

섣달그믐 밤
아픔 못 이겨 밤새 이 방 저 방 헤매도
피 토하며 숨을 몰아쉬어도
너의 신음을
구원의 손짓을
고통스런 호소를
너의 으르렁거리던 언어를
우린 이해하지 못했다.
외면했지. 아무 일 아닌 줄 알고.

정월 초하루 새벽
절룩거리며 침대로 와 작별 인사할 때
우리 한 사람 한 사람 둘러보던
너의 타는 듯했던 눈빛,
그리고 화장실 문 앞까지 찾아가
눈을 감으며 보이던
단 한 번의 몸짓
꼬리 힘없이 내릴 때
그때 우리는 비로소 알았다
너의 마지막 가는 길을.

어둠이 짓누르는 밤
아무도 모르게
뼛속을 파고드는 고통으로
몸부림쳐 본 적이 있는가.
너의 아픔을 알지 못했던 우리의 무지
정말 미안하다.
그래서 더욱 네가 그립고 안타깝다.

라마야,
부끄럽게도 우린
네가 영원히 먼 길 가고 난 후에야
그 아픔
그 고독을 나누고 있다.
그 정
그 사랑을
그리워하고 있다.

현관문 들어서면 너는 하루도 몇 번씩 뛰어나와
꼬리 흔들며 무릎까지 올라타 반겼지.
그 티 없이 맑은 정은 어디서 담아 온 것이냐.
살그머니 엉덩이 붙이며 속삭이던 눈빛은
어떻게 그처럼 온유했던가.
조그만 인기척에도 반쯤 감았던 눈 번쩍 뜨고
쫑긋 귀 세워 경계하던 너
그 충직함이 지금은 눈물겹도록 고맙다.

우린 지금
이렇게 너의 전설을 밤새워 이야기하고 있는데
애틋한 흔적만 남겨 놓고
올 때처럼 또 홀연히 가 버린
너의 고향은 도대체 어디냐.

넌
어느 별에서
전생에서처럼 그렇게
귀 세우고 오도카니 앉아
맑고 순한 눈빛으로
우릴 보고 있느냐
우리 이야기를 듣고 있느냐.

제 2 부

흐릿한 묵화들

낮달

너 나왔니
그런데 너 맞니?
입술은 잿빛이고
얼굴은 밀가루 뿌린 듯 푸석푸석하고
네 머리 모양은 해어진 걸레
네 옷은 찢어진 날개 같아.

너는 가을밤 푸른 무대에 오른
이 도시의 프리마돈나
속눈썹 길게 뽑은 얼굴이
네 일상 아니냐
어떻게 하다가 한대낮에 나와
민낯을 보이니?

네 마음 씻으려 강가에 서 있다가
흰 구름 말없이 사라져
맨몸 드러난 거니?
오래 못 본 이 세상 훔쳐보다가
엷은 커튼 바람에 날려

하릴없이 들킨 거니?

매일 어둠을 먹고
어둠으로 화장하며 나서야 할 무대
언젠가는
군침 흘리는 그 무대가 싫어
노을이라도 잡아 두고 싶다 했지.

오늘은 달아나려는 거니?
왜 일찌감치 이 번화한 대낮 거리에 나와
반만 걸친 옷차림으로 서 있는 거니?

나무꾼과 선녀

잠 설쳐 뒤척이다가
창밖에서 서성이던
열나흘 달과 눈이 마주쳤네
은빛 보자기 얇게 깔고
빌딩 모서리 걸려 있는 새벽달.

몰랐다
얼마나 오랫동안 기다렸느냐
옷자락 잡으려니
야윈 얼굴 가로저으며 미소만 짓네
하늘 문이 열리는 시간
머나먼 천상의 길 떠나야 한다네.

새벽바람 먼 하늘에서 불어오고
어둠이 먼지처럼 쓸려 가고
도시는 차가운 얼굴을 드러내는데
그대 모습은 점점 더 아득해지고.

나무꾼이네
서로가 영겁의 시간으로 이별하고
산길 터벅터벅 내려오는 나는.
하얘지는 빌딩 이마
눈 부비며 바라보는
멍청한 나무꾼이네.

울릉도에서

하늘과 먼 바다의 경계는
면도칼로 잘라 냈다.
구름 몇 조각 널려 있다

솔밭 사이로 갈참나무 옆으로
누워 있는 포구, 실눈을 뜨고
쉼 없이 하얀 눈썹을 치켜든다.

언덕 자락에 듬성듬성 모여 있는
청색, 보라색 마을 지붕은
아침 햇살을 받아
연푸른 하늘에 그림처럼 비치네.

개미 한 마리 풍경의 한쪽 끝에서
기어 나와 토닥토닥 나간다
포구에 하얀 생채기를 내면서.
멀리 수평선에도 큰 벌레 두 마리
서 있는 듯 기어가고 있고.

어디로 가는 건가 묻는 사이
또 다른 개미 한 마리
포구의 소매 자락으로
통통 소리도 내고 깃발도 나부끼며
들어온다.

괜히 일어선다 나는.
무슨 소식이라도 있을까
눈길 맞추며.

독도 방문기

그는 천형天刑을 살고 있는 바윗덩이
끝없는 세월 육신을 뜯어
바다에 버려야 하는 바윗덩이였다.

내가 너울 헤치고 가까이 갔을 때
어깨를 타고 흘러내리는 그의 등뼈에는
올리브기름을 바른 듯
한낮의 햇살이 은비늘처럼 튀었고

갈라진 근육, 찢어진 살갗 틈새로는
거품을 문 검은 물결이
악을 쓰며 사납게 달려들고 있었다.
하얀 날개깃으로
이마에 흐르는 땀 쉼 없이 닦아 주던
갈매기들
조잘거리며 펼치던 군무群舞가
붉은 영상으로 다가왔던 오후.

그의 이름은 아틀라스*였다.
철탑 같은 허벅지 힘줄을
바다 깊숙한 불가마에
담그고 있는
그는
천 년의 세월에 돌이 된 아틀라스.

박제된 심장 속에는 아직도
분노가 끓고 있는가
날카로운 뼈마디가
온 몸에 불쑥불쑥 치솟은
그는 아틀라스였다.

손도 한 번 잡지 못하고
돌아오는 길
멀어지는 수평선에
굶주린 독수리처럼 앉아 있던
9월 어느 날 독도.

거친 숨 몰아쉬던 고독한 거인의
흐릿해지는 윤곽 위로
또 시커먼 구름 떼가
몰려들고 있었다.

---

* 아틀라스: 천상을 문란케 한 행동으로 제우스의 징벌을 받아
하늘을 떠받치고 있다가 돌로 변했다는 그리스의 신.

한강 거위와 이별

그 날, 한강 거위는
갈라지고 깨진 소리를 내며
나를 향해 고개를 돌렸다.
서로 눈길은 마주치지 않았지만
분명히 나를 보았다고 나는 생각한다.
카악 카악
작은 날개 서로 모아 젖가슴 가리고
황금빛 신발 신은 하얀 자태로.

물결 찰랑이는 시멘트 방파제 위
옆에 와 앉는 비둘기에게도
말을 걸 듯 하다가
붉은 물 살짝 든 구름 몇 덩이 보고
가시 걸린 소리
또 카악 카악
저녁하늘 그림 같은 색깔을 보라는 건지
날 저물자 훨훨 고향 가는 길 보이는지.

한강 위에 검붉은 이불이 덮여 오는데
긴 목 치켜들고
선 고운 등 뒤뚱거리며 가는 곳은,
창 열면 아픈 목 어루만지는
달빛이라도 드는가.

그날 밤
백목련 봉오리 활짝 펴고
달빛 속으로, 달빛 속으로
날아갔는가.

71년 신병열차

중앙선 지선의 어디쯤일까
산골 불빛은
별처럼 하나둘 반짝이고
초아흐레쯤 됐을까 쉼 없이
뒤따라오는 달은.

열차는 풀밭 구렁이처럼
앞만 보고 가네
강 따라 산길 돌아
쉬지도 않고.

숨넘어갈 듯 깜박이는 30촉 전등
호송병은 갑옷 입은 저승사자다
묻지도 못 한다
진눈깨비 내린 길
삼팔선 넘어 간다는데.

쇠바퀴 소리 요란한 차창에
더욱 선명히 비치는
푸르스름한 민머리들
열 지어 앉은 석고상들이
검은 물결에 출렁이고 있다.

나이든 신병은
갓 붙인 한 줄 노란 계급장 만지다가
머리 쓸며 고개 돌리고.

첫 휴가 끝난 여름날 저녁
귀대歸隊 시간 만지작거리며
앉아 버티던 산골 주막
가물거리는 먼 막사에
촬촬 쏟아지던 은빛 모래
달빛
달빛.

까마득했던 그 산골
네온사인 현란한
그 산골 지나가네.

정채봉 시인과 젊은이에게

어깨 처진 시인이시여
여기 당신보다 더 슬픈
한 젊은이가 있습니다.

목이 막힐 때까지
당신의 시를 씹어 삼킨
내 우연한 인연의 젊은이

엄마의 얼굴도 모르고
할머니 품에서 자란 당신은

한 번만이라도/ 엄마!/ 하고 소리 내어 불러 보고/
숨겨 놓은 세상사 중/ 딱 한 가지 억울했던 그 일을 일
러바치고/ 엉엉 울겠다*며

어머니를 그리워했는데

어느 새벽
바위 같은 등짐을 지고 찾아온 젊은이

밤새 도심을 헤매다가
바람처럼 와서
할머니와 오누이 사연 더듬거리던 그 젊은이.

책꽂이 한 편
연두색 띠 두른 당신의 노란 시집
오도카니 지켜보고 있는
이 늦은 밤

어느 서점에선가 나에게
선물할 시집을
들었다 놓았다 했을
그 굴곡진 젊은이.

하늘나라 간
당신의 안부도 함께 묻습니다.

---

* 정채봉의 시 〈엄마가 휴가를 나온다면〉. 《너를 생각하는 것
  이 나의 일생이었지》(2000, 현대문학박스)에 수록.

진안 친구의 망향가

산허리에 차를 세워 놓고 말했다.
"큰 마을 다섯 개가 여기 물속에 잠겨 있어.
할아버지 할머니 살던 마을은
저쪽 산언덕에서 내려와 물과 맞닿은 곳이지"
처음에는 그랬다.
손가락 젓는 곳으로 모두의 시선이
함께 따라 움직였다.

산자락이 서로 누워 어울리는 구릉
이 언덕에 오르면 아득한 들길 저편
때 맞춰 옷 갈아입은 고향 마을이,
저 파란 호수 아래
어둠 속 미라처럼 잠들어 있는
고향 마을이
두 팔 벌리고 달려 나왔지.

경운기 소리 내며 오가던 길에
읍내 가던 사람들 버스 기다리던 길에
교복 입고 신나게 달리던 자전거 길에

지금은,
물고기만 꼬리 흔들며 한가하게 노닐겠고
몇 놈은 이집 저집 안방 사랑방 기웃거리다
선잠에 코 골고 있겠지.
우리 집 감나무 살구나무 동네 입구 느티나무
앙상한 뼈라도 남아 그 자리에 서 있을까.
빨간색 노란색 헝겊 나풀거리는
성황당 새끼줄처럼
떠다니는 물풀만 산발한
머리되어 걸려 있겠지.

죽어서도 당신 살던 곳 못 떠난 부모님
하루 종일 살던 집 내려다보는 무덤 찾아
일 년에 한두 번 들르는 성묘 길.
그래도 갈 때마다 설레는 마음으로
저기가 거기이고 저쪽에 뭐가 있었다고
아무것도 없는 물 위에 그림을 그리는데
보이는 것은 앞산 뒷산에 에워싸인
물결 위
일렁이는 산 그림자뿐.

이제는 아내도 그렇고 아이들도 그렇고
물끄러미 먼 하늘만 쳐다보다가
다 안다고 녹음기 끄라는군.

아버지 어머니 뒤로 두고 내려오는 길
물안개는 산등성이를 수의처럼 감싸고
노을은 산불처럼 번지는데

제기랄!
고향 마을에서는
저녁연기가 한창 올라오네.

그 연기 매워서
눈물이 나네.

가을 이야기

햇살 비스듬히 기우는 오후
창밖에 서성거리는
갈참나무 잎사귀들.

서로가 끊임없이
손 흔들고 있구나.
뒤돌아보며 떨어지고
떨어지는 뒷모습 보며
또 손 흔들고
또 떨어지고.

한평생 인연보다 더 깊은
그 여름 한 철
첫사랑.

뒤돌아보며 손 인사하던
꿈같은 그림 한 폭
그 가을날 오후
누런 잎 질펀히 깔렸던 교정校庭.

낙산하숙집

군데군데 이빨 빠진 돌계단
쪼그려 앉아 마늘 까던 할머니의
입 오물거리던 얼굴 생각하며
지게에 연탄 진 아저씨의
조롱박 같던 장딴지
지렁이처럼 꿈틀대던
파란 힘줄 생각하며

쉬엄쉬엄 올라간 길
방 쪼개 네 명 밥값으로 살던
회색 양철 문 하숙집.

파 몇 단 보이는 장바구니 내려놓고
땀 닦던 주인아주머니 얼굴
저세상 가서는 꽃피었을까.
대학 못 가 웃음기 잃었던 딸
그 애잔했던 마음도
살아오며 다 씻어 버렸겠지.

국화빵 리어카 뒤에 숨어
칼날 새파랗게 갈던
젊은 날의 골목길에는
중국말 일본말 뒹구는
발코니 집들 줄 서 있어도

그 반가운 하숙집은
아래 위 시멘트 벽에 짓눌려
가쁜 숨만 쉬고 있더라.

통금 피해 들어와 안방 살피며
발소리 죽이던
우리의 소담했던 무대

깨진 시멘트 마당에
러닝 바람 부산 친구
치약 거품 한 움큼 물고
싱긋 아침 인사하던
그 곱슬머리 눈에 선한데

노란색 벗겨진 세숫대야
고무호스 불고 있던 수도꼭지는
어디로 갔는지.
저 창호지 홀문 열면
쌓였던 얘기 쏟아질까.

내 푸르던 날
꿈속의 하숙집
다시 구름 위에 올려놓고,
빈손 털며 내려온 낙산 중턱
그 낡은 하숙집.

애월의 달

애월涯月의 밤 바닷가에 서면
언제나 가슴 휘젓는 바람만 분다.

사랑하는 사람은
닿으려 해도 닿을 수 없는
갈수록 멀어지기만 하는 곳
아득한 은하의 해변에 있다.

바닷새들 날개 내려놓는
바윗길 돌아서며
긴 그림자 묻어둘 때,
울컥 울컥 밀려오는
파도
삼키고 토하고 할 때,

머리카락 풀어 젖히고
한바탕 통곡이나 할까
매정하게 내려다보는 얼굴
쌍욕이라도 한마디 할까

아니, 눈 감고 간구하면
어깨라도 두드려 줄려나.

애월의 달은 다가가면 더 멀리
푸른 바다 혼자 떠가고
달빛은 하얀 가시가 되어
온 몸을 들쑤시고.

빈 잔에는,
서러운 빈 잔에는
은빛만 가득히 넘치고.

무안 고갯길
― 1969년 농활 사전답사 길

저 무안에 한 50년 전 무안에
장맛비 부슬부슬 내리던 황토 고갯길
바퀴 자국 떡가래처럼 파인 길 따라
신발에 찰떡 붙이고 자전거 끌며
올라가던 고개.

어두컴컴한 숲속에서는
나무들 사나운 곁눈질 보내고
바람에 실린 안개는
한풀이 굿이라도 하는가
어지럽게 춤추는 산비탈 황토 길.

움푹 파인 산 모서리 넘어
웅크리고 앉아 있는 잿빛 마을은
버려진 빈 조개 더미들이네.
숨죽인 채 눌려 있는
저 침묵의 마을에 들어가면
축축이 젖은 옷 말릴 수 있을까.

솔밭에 싸여 넘실거리는 바다는
짙은 구름 머리에 인 채
히죽히죽 하얀 이빨 내보이며
자꾸만 밀려오는데
나는 지금 어디로 가고 있는가.

질질 끌고 다니던 그 울분
칭칭 감기던 무안 황토 고개.

바지 걷고 더운 김 내며
함께 고갯길 오르던 친구는
먼 이국에 가 소식 끊긴 지 오래됐고
차창으로 비치는 아파트 마을에는
아무리 살펴도 없다
황토 고개도 숲도 초가집들도.

버스 기사가 웃었다.
"언제 적 얘기인디?
모르지라."

돌아오라 소렌토로 *Torna A Surriento*

매미 소리
귀청 뚫는 한여름 교정
햇볕이 유리조각처럼 박히던
텅 빈 운동장에는
장맛비에 자란 풀들이
곳곳에 마을을 이루고 있었다.

뭉게구름 배가 불러
터질 것 같던 한낮인데
아무도 없는 강당
젊은 음악선생님이 부르는 노래.
"아름다운 저 바다와 그 빛난 햇빛 …"

가물가물 사라지다가
허리를 휘감는 청명한 목소리
푸른 심장을 파고들던 그 노래.

창틈으로 훔쳐보던 선생님 얼굴은
왜 그렇게 창백해 보였을까.

"… 이곳을 잊지 말고 돌아오라

소렌토로 돌아오라"

필름 처음 끊긴 날

필름 처음 끊긴 그때
내 집 주소는 누가 단단히 얘기해 주었겠지.
택시기사는 다 왔다고 몇 차례 고함을 지르다
내 팔을 끌어 내렸을 거고
난 허공에 떠 있어 구름 길을 밟았을 것이다.

내 집,
입력은 되어 있을 터인데
위치가 확인되지 않는 상황.
그런데도 내 충성스런 두 발은
무중력 상태인 몸을 실어
정확히 아파트 현관 앞에 데려다 놓았다.
영민한 손가락은 놀라운 인지 능력으로
9층 가는 엘리베이터를 잡아 주었고
졸다 나온 아내 목소리 들리며 문이 열리자
내 몸 하수인들의 택배 임무는 끝.

눈앞에 보이는 몰골이 하도 한심해
할 말을 잃은 아내는 아예 잔소리 생략.

난 기분 좋고 나쁠 것 없는 판단 불능 상태.
술집에서 침대까지 데려다 눕혀 준
반송대*conveyor* 장치가
고장 없이 작동한 것만 해도 천만다행이었지.

아무렇게나 겹치는 화면을 따라
담배연기 자욱한 또 그 술집.
매일 보는 얼굴들과 목소리 높이다가
속이 타 끙끙거리며 눈을 뜬 새벽
두통이 잽싸게 달라붙어도
기분은 그런 대로 괜찮았다.
하고 싶은 말 후회 없이 다 토해 냈을 거고
그들이 반격했을 때 난 이미 필름이 끊겨
전기 나간 냉장고였을 테니까.

아내의 얼굴에는 구름이 잔뜩 끼었어도
꿀물 한 컵이 참 달콤했던 아침
하얀 커튼 사이로 들어온
햇살이 눈부셨다.

내 삶에 처음 필름 끊긴,
필름 끊겨도 큰 걱정 없던 시절
아무렇지도 않게 출근 준비하던
어느 푸르던 날 아침이었다.

짝사랑 1

물컵만 들었다 놓았다 했던
대학로 다방.
힐끔힐끔 곁눈질하던 마담
보리차 서비스는 좋았지.

괜히 들고 온 책 펴 놓고
조영남의 딜라일라* 들을 때
담배 연기는 책장 사이로
자욱이 흩어지고
시선을 떼지 못하던 출입문
열리고 또 열려도
기다리는 그 여학생은 아니었네.

마담 눈총 뒷등에 꽂아 두고
빈손 훌훌 털며 나온 거리
플라타너스나무만
멀끔히 서 있던 막막한 거리
만지작거리던 버스표가 다 해어졌지.

50년이 지나도 변함없는

그 다방 계단

왜 못 본 척하냐고 어깨 탁 치던

옛 친구

멀끔했던 얼굴 생각나네.

---

* 가수 조영남이 1968년 부른, 짝사랑을 주제로 한 데뷔 노래.

짝사랑 2

누군가가
나에게 말한다

나가서 파란 하늘을 향해
네 심장을 들어내듯 고함을 질러 보라
온 몸의 피를 눈물로 만들어 보라
천둥이 되고
장대비가 되어
뼛속까지 흠뻑 적시게 해 보라.

사랑
그 발작 그 갈증에 대한
대증요법
근본 치료법은 없다.

그래도 지금은
그 길밖에 없다.

봄날 꿈은

햇볕은 뜰에 가득 차 있네
새들은 잔칫집처럼 야단이고.
점무늬 옷 갈아입는 담장 나무는
햇살에 옷깃 붙잡힌 나를 보고
생글생글 웃기만 하네
졸음은 자꾸 은가루를 뿌리고.

여기가 어딘가
걸음마 배우는 아이처럼
넘어지고 일어서며
손뼉 치고 깔깔 웃는
금잔디 언덕
사랑하고 있나 나비 두 마리
찔레꽃 위에서 입술 맞대고.

하늘로 오르는 종달새, 아지랑이,
동네 초가지붕 덮고 있는 꽃 이불,
병풍 같은 먼 산의 흐릿한 윤곽.

흑갈색 돌들이 듬성듬성 흩어져
조잘대는 개울
나는 왜 따라가고 있는지 몰라.
솔밭 사이로 사라지는
저 황톳길은
어디로 가는가.

초등학교 국어책 꽃 피는 산골에
내가 들어가 있는 것인지
어린 날 한구석에 가물거리는
고향 풍경인지.

꿈이라도 좋네 그립지만
가슴 막히듯 불같이 그리워도
행복이네
봄날 꿈은.

누님이 보내셨는가

으슥한 밤에 누가 창문을 톡톡 두들겼다
한 줄 바람 멋쩍게 지나갔는가
방 안을 흘깃 보던 오동잎이
엉덩이 흔들며 어둠 속으로 사라진다.

고개 푹 숙인 채 코 고는
아파트 경비등 뒤
열사흘 달은 깨진 거울처럼
나뭇가지 사이에 걸려 있고.

누가 보냈는가 이 한밤의 전령傳令은
홑이불 끌어당겨 덮어라 하네
달빛에 젖은 바위 위
핏발 선 늑대 한 마리 지키고 있다며.

검은색 양복이 물행주처럼 늘어지던
옥수수밭 마을 뒷산
한여름 뙤약볕 속에
길 떠난 누님은

지금쯤 안동포 옷 갈아입었을까.

달빛과 늑대와 귀신 이야기
댕기머리 누님 그 목소리에
울먹이며 고개 끄떡이는 아이.

늦가을 창문에 어리는 풍경
흐릿한 고향 마을 묵화 한 점.

그 친구

머리 버짐
마른 콧물 두 줄기
아이스케키 통
들마루 저녁 먹을 때
훔쳐보던
그 아이.

해병대 모자
기름 덮어쓴 얼굴
하얀 덧니
트럭 조수가 됐다던
그 친구.

종로길
노란 택시
흰 장갑
다방 아가씨와 연애 한다던
그 친구.

삼겹살
두꺼비 소주
뻥 드럼통
맹호부대 월남 간다던
그 친구.

그리고는
저 산골짜기에
뼛가루 뿌려졌다는
청산에 걸린 흰 구름 한 조각
그 친구.

바둑 한 판 하자고
옷소매 잡네.

바람이 분다

낙엽이 된 이유를 아는가
흐르는 물길 막아
누렇게 황달 들은 몸.

바람이 불면
한 줄 흔들림에도 떨어지는 신세
가야 할 길 간다며
눈물도 안 닦네
할 말도 없다네.

겨울나기 걱정하던 어미나무는
먹는 입 덜려고 물길 막았다던가
된바람 처음 불던 밤에는
뜬눈으로 지새우고
안마당에 소복이
무덤 만들어 주었다던가.

끼니 걱정 든다고
식모살이 나간 살구나무집 맏딸

살림 밑천이라던
예쁜 그 누나
몇 해 지나 말없이 돌아 왔다대.

바람이 분다
가을 언덕에.

가마득하게 보이는
사월의 보리밭 이랑
출렁이던 물결, 그때
그 부-연 바람처럼.

소꿉친구

남으로 길게 다리 뻗고 누워 있는
산등성이 모퉁이 길
푸석푸석한 바위 틈
손바닥만 한 자리였지.

꺾일 듯 가느다란 긴 목 들고
햇볕 쬐던 진달래 한 떨기
이듬해 찾아갔지만
빈 걸음이었네.

햇볕이 고여 있던 흙담 밑이었지.
파르르한 입술
핏기 없던 하얀 얼굴
그 아이.
두 무릎 세우고 나비처럼 앉아
소꿉 살림 차리던
그 아이.

사금파리 숟가락에
흙 수북이 담아
많이 먹으라고 건네며

혼자 입맛 흉내만 내던
그 엄마.

아이스케키

어머니 따라 닷새장 간 날
처음 맛본 막대 얼음덩이
동생 준다고 횃불처럼 꼭 받쳐 들고
집으로 뛰어 오는데

동구길이
왜 그리 멀었을까
벌겋게 단 얼굴에 땀방울과 콧물이
몇 번이나 줄을 그었지.

느티나무 그늘 들어설 때
앙상한 뼈 드러난 아이스케키
북받치는 울음 참고
가쁜 숨 몰아쉬는데
매미들이 줄지어 나와
함성 지르며 응원하데.

눈물범벅 된 동생에게
그 막대기 던지듯 쥐어주고

샘물 한 됫박
아이스케키보다 더 달콤하던
샘물 한 됫박.

굽은 등에 나이 짊어지고
매미허물같이 앉아 땀을 닦는데
어떻게 알아봤을까
까마득한 세월에 묻힌 나를.

눈 껌벅이며 앉아있던 느티나무
아이스케키 생각난다며
큰 품 벌려 껴안더라.

오라버니 생각

시집 온 첫 날
날 두고 가는 오라버니는
이리 한숨 저리 한숨
빈 하늘만 보다가
댓돌에 놓인
신발도 못 찾았다대.

우는 얼굴 차마 내밀지 못해
창호지 문틈으로 몰래 보며
눈물 훔치던 내 모습,
눈앞에 자꾸 아른거려
산골길 이십 리
쌓인 눈만 꾹꾹 밟고 갔다대.

서울 사는 아이들
하룻밤 자고 훌쩍 가버린 고갯길
이십 리 노루 고개.

우리 오라버니 넘어 오시네
나까오리* 모자 쓰고.

눈보다 더 흰 두루마기
함박눈 툭툭 털며 들어오시네.

---

* 나까오리: 일제 때 중절모자를 부르던 이름.

고모 생각

초등학교 입학했을 때였지
고모 손잡고 넘던 고갯길
그놈의 매미들은
뭉게구름 터지도록
원두막 떠나가도록
노래 불렀지.

"참 잘 건네" 하시며
흐르는 땀 닦아 주시던
고모
무명 손수건
손등에 보이던 파란 핏줄.

오늘 아침
아파트 방충망에 다리 걸고
가쁜 숨 몰아쉬며
우는 매미 한 마리
미루나무 줄 서 있던 초록 바다
섬 같던 원두막들

그 고갯길 매미.

혼자 쉰 목소리
한참 내지르더니
아파트 벽 사이로 날아가 버렸다.

주름 가득했던 고모 얼굴만
남겨 놓고.

순이는 어디로 갔는가 *

그날
아버지는 조그만 독을
지게에 지고 나가셨다
어머니는 사립문 앞에 서서
계속 손만 흔들었다
뒷모습만 바라보며.

다섯 살 언니가 동생을 찾았다
며칠째 보이지 않는 동생을.
아버지는 엽초를 다시 말아
불을 붙였다.

세월이 흘러
아버지는 언니에게 말했다
"한 달이나 지났을까
나무를 하다가
문득 순이가 생각나
독 묻었던 곳에 가 보았지.
살쾡이가 지나갔는가

파헤친 흙더미 위에
설빔 색동옷만 찢겨져 있더라"

단발머리 가지런히 한 언니의 등
손가락 빨며 업혀 있는 동생
누렇게 색 바랜 사진.

환갑 나이 언니는 지금도
앞산으로 간 순이를 찾는다.
고향에만 오면.

---

* 남다정 감독의 2003년 단편영화 〈우리 순이는 어디로 갔을
까〉에서.

새벽 풍경소리

문경 아리랑

문경새재 화전마을
할머니가 봉당封堂에 지팡이 짚고
오뚝이처럼 앉아 있네.
감은 건지 뜬 건지 알 수 없는 눈가
눈물 반 눈곱 반
얼굴 주름은 뒷산 비탈 밭고랑이고.

대낮같이 환하던 달밤
이제는 올라가야겠다며
주흘산 등성이 타고
북으로 간 보도연맹 남편.

첫날밤 지난 지 며칠 됐던가
밤낮없이 산골짜기 헤매다가
씨 하나 남기지 못하고
그날도
주먹밥 싸라며 매정하게
호통만 치던 못난 사람.

그래도 얼굴 한번 보고 싶은
그리운 정은 무슨 팔자 때문인지,
어깨에 달빛 짊어지고
황급히 넘어가던 뒷담
달빛 소복이 쌓이는 밤이면
수없이 곱씹었던 꽃 세월 자락들.

잘 넘어가 살았다면
무슨 기별이라도 오겠지
가다가 어느 산골짜기에서
개죽음 당했는가.

이제는 다 해진 세월
뒷방 문고리도 더덕더덕 녹만 슬었는데
눈앞에 다가온
다시 만날 날
서로 얼굴이나 알아볼라나.

어젯밤에는 누런 사진 한 장
챙겨 놓았다네.

고향의 강

고향의 강은
왜 멀리 앞산 밑으로 돌아
흘러가는가
산그늘을 품에 안으려는 것이지
슬픈 노래 거둬 가려는 것이지.

노을이 질 때면 또
붉은 물결에 잠기는
산그늘
달빛 밝으면 또
산허리에 떠도는
부엉이 울음소리.

고향의 강은
푸르던 그들
아직도 밤마다 숨어 우는
주검들 보듬으려

긴 세월
홀로
돌아 흐르는 거지.

가야 하네

갈 길을 찾을 수 없다.
몇 개의 도수 다른 안경
번갈아 껴도.

발자국 남아 있는 샛길인가
풀들이 누워 있다.
지렁이 같은 물줄기
숨어 흐르는 소리 들리는데
못 찾겠네
점점 더 짙게 덮이는 안개 길.

가야 한다.
사그라진 불씨 살려 놓고
펑펑 함께 쏟아야 할 눈물이 있네
온몸 껴안고 나누어야 할
사랑이 있네.

계곡 밑에, 바위 옆에 숨어 있다가
또 앞장서는 그 예쁜 길

달빛을 지고라도
별빛을 달고라도
가야 할
개마고원 가는 길
삼수갑산 가는 길.

가야 하네
고운 아지랑이 피어오르는 곳
청솔 산허리에 오롯이
햇볕 안고 있는 그 마을로.

창 하나 내 주고 싶다

밀랍으로 봉한 방구석
공기가 수은처럼 잠겨 있는 곳
빛 한 조각 바람 한 줄기 없는 곳
시간은 항상 제자리에 있는 곳
곰팡이만 시퍼런 이빨 내놓고
감시하는 곳.

창을 하나 내 주고 싶다.

하루 한 번 꼭 해가 지나가고
비가 오고 눈이 내리고
바람은 수시로 기웃거리고
구름은 멀찌감치 곁눈질 하고
어느 날은
잠자리 한 마리 슬쩍 들여다보고

그런 창 하나 내 주고 싶다.

허리를 펴고 창가에 서면
빛살 눈부셔 하늘이 보일까
푸른 물결 스며오면
창 밖에 손바닥 내밀고
노란 나비라도 되겠지.

그런 꿈 하나 심어주고 싶다.
그런 불씨 하나 살리고 싶다.

경의선의 노래

옆구리 터진 열차가
목쉰 노래 부른다
상투머리에는 하얀 구름 날린다
산허리로 꼬리 감추며
북으로 간 지 70년
한 세월이 고스란히 늙었다.

동강이 난 철길은 아직도
풀덤불 속에 누워
함성 터진 8월로 달리고
기름때 씻지 못한 침목은
잔주름 가득한 얼굴로
그날 노래 흥얼거리는데

상수리나무 그늘에 앉아 있던 노인이
감기는 눈 다시 뜨며 묻는다.

가좌역 건널목에는
아직도 모자 쓴 그 젊은이

빨간 깃발 흔들며 서 있제
신촌역 코스모스 손 흔들며
뒤따라오고 있겠제.

그럼요
송악산 단풍도 임진강둑까지
마중 나와 있다던데요.

그날

눈물 흘리며 끌려가는
소를 본 적이 있는가.

콧김 푹푹 내뿜으며
멀거니 바라보는 앞산
향나무 들샘에 고이는 눈물.

소가 운다
가슴으로만 파고드는 새끼
등 쓰다듬으며 울고
하루 종일 묏등에서 같이 놀던
만석이, 눈시울 붉히는 만석이
얼굴 부비며 운다.

휘청거리며 올라탄 트럭
산허리 돌아가는 길
멀어지는 고향산천

하늘도 새까맣더라
울고
또 울더라.

농사만 짓던 우리 외삼촌
보리 이삭 익던 어느 해
그렇게 끌려가
소식 한 줄 없었다더라.

꽃들은 어디로

목련꽃이 바람길 위에 널브러져 있다
멍들고 일그러진 꽃잎들
벌린 입술 사이로
신음 소리만 새어 나오네
하얀 옷 감싸 입고 칼부채 춤추던
그이는
꿈길에 어울려 놀던 그이는.

벗꽃이 빗길 구석에 쌓여 있다
발-간 빛 어리던 눈망울
자지러지던 봄날의 웃음소리는
새벽녘 물길 따라 가 버리고
빈 가지는, 다 떠나보낸 빈 가지는
멀거니 서서 손짓만 하고.

시간은 아침부터
또
문을 두드린다
꽃들의 영혼을 거두어

어디로 떠나려는지.

아득한 하늘에 고향 남겨 둔
우리들의 먼 누님들처럼
낯선 물결에 사진 띄워 보낸
남쪽바다 아이들처럼.

떨어진 꽃잎들 봄볕에 잠겨 있고
나는
가는 시간 뒤춤이라도 잡을 수 있을까
빈손만 비비며 서 있고.

자유라는 이름의 개 이야기

보았다.
아주머니가 고무호스 휘두르는 것을
한순간 무당의 칼날이
뱀의 혓바닥이
획획 스치는 것을.

자유의 자유 공간은 반경 2미터
송곳 이빨로, 앞발로 저항해 보다가
마침내 시멘트 바닥에 깔아 놓는 흐릿한 눈빛
그 공간에
실 같은 자유의 꿍얼거리는 신음.

보았다.
아주머니 향수 냄새에 밥 먹다 말고
빤히 쳐다보며 흔드는 하얀색 꼬리를,
말 한마디 없이 쾅 닫히는 철제 문
그 창살 틈으로 킁킁거릴 때 새는 입김을.

뒷다리 상처 핥으며 목줄 한번 당겨 보다가
햇살 한 주발로 남은 밥 꾸역꾸역 말아 먹고
다시 햇살 한 주발 채워 놓는 한낮의
서울도심 고도孤島.

하얀 시멘트 계단은 햇볕을 받아 탱탱하고
담 밑 풀잎 몇 가닥 노랗게 질려 있고
장독 옆 나뭇가지는 바람 한 줄기에도 놀라는데

담 넘어 골목길
병든 전기제품 산다는 아저씨 지나간다.
깨진 스피커 목소리로
어제처럼 그저께처럼.

횃불 사그라진 남산 전망대 첨탑
죽은 여신의 팔뚝도
녹슨 지 오래.

게슴츠레 눈 감고 누워 있는 자유야
네가 오히려 우릴 비웃는 거냐.

절규 *

아이가 온몸으로 운다.
어쩔 줄 모르는 젊은 엄마는
손으로 아이의 입을 막고
아이는 더욱 요란하게 발버둥 치고.

사람들은
애벌레처럼 눈길을 깔고 있다.
냉랭한 공간
면도칼로 쫙 긋고 싶은
침묵.

검은 벽
흐릿한 차창 화면에는
우리를 뚫어지게 응시하는 유령들
굴비 엮이듯 앉아 있다.
순간순간 지나가는 굉음에
나뭇잎같이 흔들리는 자화상들.

불빛은 무기력하다.
냄새 가득한 수조水槽다.
수면 위로 내미는 얼굴들이 자꾸 보인다.

아이의 목쉰 울음소리
곁눈질 하며
이 순간 우리는 사람으로나 앉아 있는가.

몇 분 후 차창에는
환한 세상 잠시 펼쳐질 것이지만
끝나지 않았다.

아이는 반항할 것이다.
막장 같은 땅 속에서는 또
외롭게 절규할 것이다.
또 할 것이다.

---

* 〈절규〉(*The Scream*): 노르웨이의 화가 에드바르트 뭉크(1863
  ~1944)의 1893년도 작품.

오디

고향집 마당 구석
키 큰 뽕나무는
유월이면 꼭 객혈을 시작했다.

질펀하게 깔렸던
점박이 무늬들
손가락 마디 같은 검붉은 핏자국들은
흙먼지에 더욱 검어지더니
또 한 계절
빗줄기에 모두 쓸려 갔다.

6월
연기 자욱했던 아스팔트 위
대오가 휩쓸고 간 빈 자리에
홀로 흘린 검붉은 눈물
홀로 울부짖던 노래.

연초록 가지에 얼굴 가린 뻐꾸기만
해마다 울다 가는

캠퍼스 길.

발그레 배어 흐르던 피
하얗게 웃던
꽃 같은 얼굴아.

낙산 바닷가에 서서

바람은 풀섶에 숨어 있다
구름은 솔나무 가지까지 내려와 있다
가파른 바위 위 갈매기 한 마리
칼끝처럼 앉아 있고
물길 갇힌 똑딱선은
먼 바다만 바라보고 있다.

시커멓게 멍든 바위는
떨어져 나가는 육신을
이 밤도 물속에 묻으려는가
두 다리 버텨온 천년의 불심佛心
어둠에 잠기는 절벽만 혼자
빈 밤을 지키려는데

파도는
얼마나 더 끓어오르는 분노를 삭여야 할까
하얀 거품만 가득 품고 있네.

갈매기 커어억 커어억 소리 내고
똑딱선 통통 연기 속에 깃발 올릴 때
바다는 그제야 깨어나
새벽을 맞이할 건가.

아침 해 얼굴 내밀고
안개가 옷깃 걷을 때
바다는
파란 하늘 수평선 다시 펼쳐 놓을 건가.

어둠 속으로 가라앉는 어촌
가쁜 숨 물거품도
이제는 떠오르지 않는다.

까맣게 죽어가는 이 화폭에
한 줄 바람이라도 그려 넣어라.
달빛 한 오라기라도 배이게 하라.

낙엽의 노래

나는 자유인이다
어디든 갈 수 있다
밟히고 차이고 살점이 떨어져도
불어다오 바람만
나는 자유인이다.

가르마 머리 드리운 창가도 좋고
국화꽃 줄지은 고궁 뒤안길도 좋으리
가을 달 밝은 밤 풀벌레 노래하면
뒤꿈치 높이 들고 장단 맞추다가
휘파람 불며 발길 돌리는 유랑.

차가운 아스팔트 위에도
살얼음 내려앉은 개울가에도
팔 베고 누우면
하늘은 언제나 수정 같더라
봇짐마저 성가시다
칙칙한 인연 훌훌 벗어 버리면
어딜 가도 정겨운 고향이더라.

하루하루 탈골되어 형체마저 없어지거나
어느 쓰레기 더미 한줌 재가 된다 해도,
유리 같은 옹달샘 얼음에 잠겨
천년 미라로 누워있다 해도,
나는 자유인.

어느 초겨울 바람 부는 대로 뒹굴다가
노래하며 갔다고 전해 다오.

그저 세월이라고?

누가 그랬다지.

그들은 꼭두새벽에 노크를 했다
늦게까지 피해 다니다
깊은 잠 드는 시간에 기습을 했다
놀라 잠을 깬 마누라와 아이들이 혼비백산
쳐다보고 있었다

철사줄로 두 손 꽁꽁 묶여
맨발로 절며 절며

1974년 5월 남산 중턱. 명동성당이 눈앞에 십자가를 높이 들고 있는 자리. 지금은 이름도 착하게 청소년을 위한 인권교육의 현장으로 바뀐, 악명 높았던 네모반듯한 건물.

나는 굳이 말하자면 그들에게 귀빈 같은 대접을 받았다. 형광등 불빛이 하얀 벽에 거울처럼 반사되는 교실이랄까. 의자에 앉아 조금만 고개를 숙이고 조는 모습 보이면 뒤에서 다가와 점잖게 깨울 뿐이었고, 손을 들면 화장실에 데려다주었고 식사는 가만히 있어도 자동으로 날라다 주었고.

당번병처럼 내 손 하나 까딱하지 않게 해 주던 건장한 헌병들은 신성한 국방의무를 수행하던 중. 옆방으로 불려갈 때는 내 신분에 넘치는 에스코트까지 해 주었다. 원석 다이아몬드를 박은 것 같은 하이모, 칼 줄선 카키색 군복, 파리 낙상할 것 같은 군화 차림으로.

어느 날 그곳에서 친구를 만났다. 군대 갔다 와 3년만에 처음 보는 자리. 같이 오줌 줄기를 시원하게 내뿜으며 "야! 오랜만이다" 악수를 했다. 나는 복학생의 추루한 옷차림. 그는 색깔 선명한 파란 수의를 입고 있었다. 좀 당한 듯 발가락에는 붕대가 감겨 있었고. 뒤따르던 사복은 부처님처럼 미소만 지으면서도 숨긴 눈초리로 우리들 행동을 관찰했다. 등 뒤로 "쟤는 누구냐" "3년 만에 만나는 친구요" 하는 말소리가 꽂히듯 들렸다. 밀폐된 화장실로 햇볕 한 줄이 들어오려고 애써 몸을 밀치던 오후였다.

한밤중에는 간혹 어디에선가 비명소리가 났다. 녹음을 한 것인지 실제 상황인지는 알 수 없었지만 어느 법대 교수도 거기서 고문으로 죽었다나. 옆 의자에 같이 앉아 있던 낯선 사람들의 회색빛 표정. 말을 못하게 하니까 입은 다물고 있었지만 곧 소낙비 쏟아질 것 같은 검은 구름덩이를 무겁게 이고 있었다. 나중에 신문을 보니 유명한 소설가도 있었고 고등학교 선생님도 있었고, 아! 그중에는 몇 달 후 억울한 사연 할 말 못하고 형장의 이슬로 사라진 사람들도 있었다.

마로니에 교정에 군대가 주둔하고 냄새를 맡으려는 유령들이 두 눈을 번뜩이며 뱀 같은 혓바닥으로 강의실 주변을 훑을 그때, 나를 찾아 다녔다는 동대문경찰서 형사. 학교 앞 다방에서 만나 잠깐 물어볼 게 있다면서 짜장면 한 그릇 사 주고 친절하게 잡아 갔던, 형사 같지 않게 웃는 모습만 남아 있는 볼살이 통통했던 형사. 몇 년 후 경찰 기자 할 때 관악경찰서에서 다시 만나 겸연

쩍게 악수를 나누었던 그 짜장면 형사. 북한을 찬양했
다는 자백을 하라며 다짜고짜 뺨을 갈기고 볼펜을 던져
주던 잘생긴 정보 과장. 총화유신 한자漢字 못 쓴다고
호통치면서 소설이라도 쓰라고 자술서를 강요하던 그
나이 든 남산 수사관. 순시 나온 듯 좀 떨어진 곳에서
들리던 유난히 카랑카랑했던 반말 목소리의 주인공 더
높은 분. 자신의 야전침대에 눈 잠깐 붙이게 해 준 무
궁화 두 개 군복 차림의 파견 장교. 그리고 석고 같은
표정으로 제대 날짜만 헤아렸을 우리 또래 그 문지기
헌병들.

　그리고 선생님,
　안에서 있었던 일 절대로 밖에 나가 발설하지 않고
다시는 데모도, 색깔 빨간 친구들과도 어울리지 않겠
다는 내 서약서 옆에, 직접 찾아와 보증을 해 주신 선
생님. 고생했다고 나오자마자 을지로 어디에선가 사
주신 닭곰탕 그 맛. 꼭 한번 뵈어야 한다고 다짐하면서
도 아직 한 번도 만나지 못했고.

148

같은 시대에 다른 모양으로, 다른 밥줄을 붙들고 살았던 사람들. 흐릿한 활동사진처럼 떠올라 그 시절 잊지 않게 해 주는 사람들. 이 시간에도 지난 세월 책장의 먼지를 털다가 쓴웃음 짓는 사람 있을 것이고 죽음의 문턱에서 기웃거리거나, 이미 왔다 갔다는 한 줄 비명碑銘으로 남아 있을 사람들.

40여 년 동안 알코올이 증발한 독주, 꼭 그 정도? 증오도 분노도 고마움도 이제는 맹물이 다 됐다고? 맹물? 좋은 말로 이름 고치고 아무 일 없었다는 듯 말끔히 햇살 받고 서 있는 서울유스호스텔. 그곳을 지나며 그랬었지 하고 바라보는 그 어두운 내부의 끝없는 복도에는? 그저 세월이라고?

이 늦은 밤 되돌려 보니 아직도 쓴웃음이 나오기는 하네.

겨울바람

무엇을 향한 광란인가
하늘을 가르는 저 분노는
밤을 산산조각 내는 저 칼날은.

창살 잡고 뒤흔들다
위이잉 휘익 사라지다가
또 갈기 휘날리며 달려드는 소리.

이불 추스르는 겨울밤 삼경
달빛은 빙벽보다 싸늘하고
별들은 두려움에 몸을 숨기는데

야수처럼 목덜미를 물고 늘어지는 너.
내
적막한 들판에 홀로 서서
너를 위해 무얼 할 수 있겠느냐.

차라리 그냥 가거라. 새벽도 이미
앞산 뒤에 와 있다더라

이 한밤 원한쯤이야 야산에 널브러진
젊은이들의 피 무덤보다 더 하겠느냐.

탁상시계 앞에서

나는 책상 앞에 앉아 끊임없이 생각을 쥐어짜고 얼굴 동그란 당신의 앞잡이는 책상 모서리에 앉아 빈틈없이 계속 먹이를 쫀다. 쩩 깍 쩩 깍 쩩 깍. 모든 존재를 갉아 먹는 소리 하루하루가 톱밥같이 잘게 부수어져 과거로 사라지는 소리 쩩 깍 쩩 깍 쩩 깍.

우리는 서로가 남처럼 떨어져 자기의 길을 가는 것 처럼 보이지만 그렇지 않다. 나는 한낮에도 한밤에도 꿈속에서도 당신의 눈치를 봐야 한다. 그 숨 막히는 그 늘을 벗어나지 못하고 허둥지둥 이리저리 쫓겨 다닌 다. 눈물을 쏟게 하다가 허황한 꿈으로 달래 주는 사악 한 노래를 끊임없이 들어야 한다. 당신의 눈길은 파닥 이고 있는 날것의 최후를 기다리는 거미처럼 내 심장을 겨냥하고 있으니까. 어느 날, 마침내 당신의 심술이 발 동되면 나는 까마귀 우는 언덕에 버려질 것이고, 당신 은 얼굴 한번 내밀지 않고 아무 일 없는 듯 가던 길 그 대로 휘파람 불며 가겠지.

나는 절대자인 당신의 무한한 능력을, 당신의 끝없
는 탐욕을 두려워만 할 뿐 그 불의와 독재에 소리 한번
지르지 못했다. 그래. 당신에 대한 충성 말고는 다른
길이 없었지.

　　창틈 숨어 든 바람결에 손마디 시린 이 새벽도 당
신의 앞잡이는 쉼 없이 팔다리 흔들며 붉은 벽돌담 밑
을 돈다. 존재를 감시하고 갈아 먹으며. 쩍 깍 쩍 깍
쩍 깍.

　　나는 머리 조아리며 웅크린 수인囚人.
　　꽁꽁 묶여 처분만 기다리는 수인.
　　무지렁이 수인이고,

매미 소리

장맛비 피해 있다가 오늘은
이른 새벽부터 모두 나왔다
창가에 몰려와
하늘이 찢어지고
아파트 벽이 허물어지도록
외친다.

그래,
7년 동안 공들인 사랑 겨우 며칠
침묵으로 살다가
또 천형을 물려주고 떠나면
누가
너희의 애틋한 사정을 알겠느냐

초록 물 줄줄 넘치는 나무들 봐라
끓어오르는 가슴 붙이고 우는
너희들 두고
어느 여름날 산사山寺의 사랑만
추억하고 있지 않느냐

저렇게 나풀거리며.

더 크게 크게
외쳐라.

함박눈 쏟아진다

하늘이 무너진다.
함박눈 쏟아진다
몰려오는 함성이다 아우성이다.

수천 길 어둠을 헤치고
내 베란다 창까지 찾아 와
무엇을 외치는가 저렇게 쉼 없이.
부딪치고 힐끗 들여다보고
또 떨어지며.

나무는 두 팔 벌려 껴안는다
말은 없지만 다 안다
소복이 받으며
소매 밑으로 흘리는 눈물.

뒷짐 진 사람은 아직도
호롱불 흔들리는 들창 옆에 서 있는가.
흰 눈 덮인 들판 논두렁길
짐승처럼 헤매던 발자국만

추억하는가.

분노의 파편은 강냉이 속살 터지듯
끊임없이 창으로 날아와
부딪치는데.

훈장 전성시대

주인님이 어깨 툭툭 치며
달아준 금빛 훈장.
요즈음은 사람 무게를
그것으로 잰다나.
그래서
앞가슴에 빈자리 없는 이는
뒷등까지 주렁주렁 매단다나.

색 바랜 것은 손가락질 받을지 모르니
등 뒤로 감추고
거리에 나서면

황금 가마를 탄 것처럼 고개가
뻣뻣해져 머리는 숙일 수 없고
배는 발보다
항상 한 걸음 앞서 나가고
지나가는 사람들의 눈길이 달라져
괜히 콧구멍이 실룩거려지고.

욕심나지?

어렵지 않대.

매일 아침 주인님 집에 찾아가

머리 조아리며

신발만 잘 닦아 주면 된대.

주인님도 훈장 마련할 돈 걱정 않는대.

버린 깡통 조각에 금빛 칠만 하면 되니까.

너무 쉽지?

하나도 못 단 사람이 바보래.

제야의 타종

어둠을 몰아내자.
광장은 함성으로 가득 찼다.
종소리는 진군의 나팔
그러나
아무도 나아가지 못한 행군.

또 어떤 세상 기다리고 있을까.

귀신들은 꿈적 않고
바위처럼 앉아 있는데
눈앞의 바다는
흰 거품 잔뜩 품고 연거푸
하품만 하는데

별빛도 달빛도
가마득히 서녘 하늘로 사라진 세모歲暮
갈 길은 캄캄하고
발걸음은 얼어붙어 있고
새벽은 보이지 않는다.

저 어둠의 절벽에도
삶의 깃은 있는가.

나는 개다

닷새장 문 닫은 시장 바닥에
개 한 마리 기웃거리고 있다.

비릿한 냄새 배인 생선 가게
코 킁킁 거리며 비닐 핥고
앞발로 훑어도 보지만
쓸데없는 노력이라는 것을
곧 안다.

불빛 흐릿한 국밥집 앞
다소곳이 목 내놓고 기다려도
매큼한 쓰레기 연기만
벌레처럼 스멀거릴 뿐.
아무도 곁눈질 주지 않는다.
헛기침 한번 지르며
또
일어서는 늦저녁.

장터 한구석 김장거리 팔던 곳
배춧잎 몇 장 주워 입에 넣는다
깜깜한 밤인데도 입김이 보인다.

굶주린 배
스스로 채울 능력도 없고
누가 채워주지도 않는
딸깍발이,
궁한 짓은 못하는 샌님,
가방 속에는 오늘도
허기로 가득 차 있다.

아이도 못 먹여 살리는
개새끼만도 못한 개새끼.

산골 안개

이른 새벽부터
저 깊은 골짜기에서 내려와
계곡물 따라 황급히 달아나는
산골 안개.

분명히 할 말이 있는데
해야 하는데
그냥 지나간다
눈 한번 맞추지 않고.

나무도 바위도 개울가 모래톱도 모두
촉촉이 젖어 있고
산골 마을도 뜬눈으로 지새웠는데

눈길 피하려 화장 지우고
치맛자락 걷어붙이면,
잡아도 잡히지 않는다고
냉랭하게 손 뿌리치면,

당신의 향수 냄새가 지워지는가.

앞산 위에 햇살 들어오면
바람에 흩뿌려질 운명
그래도 그렇지 않을 것이라고
엉덩이 흔들며 숲속 찾아가는
산골 안개.

혀를 깨물었다

숟갈을 들다가
언뜻 보았다.
그 아이의 눈에서 번개처럼
번뜩이는 섬광.

아이의 입술이 움직인다.
기진한 목소리로 흘러나오는
한마디 말
"나는 잘못한 게 없어요"

눈동자 풀린 엄마는 화면을 피하고 있다.
아이의 조롱박 같은 머리만 쓰다듬을 뿐.

클로즈업되는 아이의 손바닥 같은 배는
소리도 눈물도 몸짓도 없는 마른 통곡을
가래처럼 삭이고 있는데
고개를 돌리는 짧은 생의 끝자락
어디서 저처럼 강렬한 눈빛이 나오는가.

원망도 애원도 간구도 아닌
오직
나는 잘못한 게 없다는
처절한 반항.

혀를 깨물었다.

알프스의 꽃

6월
하얀 옷섶이 눈부신 산정호수
알프스 산맥 한 자락이
녹색 물 담은 대야에
뽀얀 발을 씻고 있네.

호수 옆 손바닥만 한 텃밭
실 같은 물줄기는
아는 척해도
서로 조잘거리기만 하는데

물기 배인 조그만 바위에 등을 기대고 서 있는
서너 떨기 회색빛 풀꽃
누더기 차림으로
고개 푹 숙이고 있네.

빛도 향기도 없는 꽃
가난한 이파리 몇 장 달고
눈 비비며 서 있는 꽃.

고개를 들어라
웃으라!
너는
빙하를 걷어붙이고 눈밭을 헤치고
이 장엄한 설산에 핀 꽃.

빛과 향기는 없어도
봐라!
알프스를 넘는 바람과 구름을.
바삐 가던 길 멈추고
저렇게 넋 잃은 채 서 있지 않느냐.

증오

누가 그렇게 만들었는가
바다 건너 불어온 바람인가
삶을 구걸해야 하는 아우성인가.

로마를 녹슬게 한 것은
신의 뜻도
역사의 뜻도 아니라네
판테온 신전에 앉아
스스로 울을 치고
무덤 팠다네 로마 사람들은.

보았다 날밤 새우는 무도회
마른 나뭇가지에 앉아
이슬로 배고픔 달래는
굴뚝새의 눈으로도,
그 방탕한 거리 아스팔트 구석에
간신히 비집고 선
질경이 풀 눈으로도.

생각해 보라 그때를
가죽가방 동여매고
막막한 서쪽 바다 건너오던 때를.

누구를 향한 증오인가
철조망은 더욱 높아지고
파도는 더욱 거세지고
별빛은 가마득히 사라지고.

톈산 산맥을 지나며*

나는 별을 타고 날고 있다
하얀 이불 덮고 잠든
톈산 산맥 내려다보며.

달빛이 유리같이 투명하다.
눈이 쌓여 더욱 밝은
11월 밤.

속옷 입고 누워 있는 호숫가
가로등 몇 개만 눈 비비며 조는
저곳에도 누군가 있겠지
양가죽 깔고 누운 사람들.

비단길은
이 밤도 천년 꿈속인데
우리는 곧
먼지바람 자욱한
지구에 착륙한다.

평화와 전쟁
자유와 억압
사랑과 미움
희생과 탐욕

달빛 쏟아지는 푸른 공간에
실마리 없는 질문을 던지다가
그래도 발붙여야 할
황폐한 땅.

어디 다른 곳
갈 데라도 있겠는가.

---

* 톈산 산맥: 중국 중서부 신장 자치구에서 중앙아시아 키르기스
스탄까지 뻗은 산맥.

제 4 부

저 녁 실 가는 길

초여름 풍경

1

아침 햇살 가득한 연못
머리 풀고 세수하는 버드나무 옆길로
첫 물놀이 나온 오리 가족
엄마 아빠 앞뒤에서 부는 호루라기 소리에
서투른 물갈퀴질 더욱 신나네.
풀밭 모랫길로 졸졸 따라오는 새끼들
툭툭 날개 털고 뒤뚱뒤뚱
자랑스럽게 찍어 놓는 작은 발자국.

2

울울한 가지 사이 날아오는 까치 한 마리
벌레 한입 물고 사뿐히 앉는
미루나무 꼭대기 얼기설기 만든 집
민머리 새끼들이
노란 부리 내밀며 서로 보채네.
곱게 흘러내린 감청색 족두리 챙기며

또 앞 동네 숲으로 먹이 찾아 나서는 길
햇살 미끄러지는 어미 머리 위
파란 하늘.

3

감나무 돌담 밑
다리 뻗고 누워있는 누렁이
메마른 젖가슴에 머리 박고 헤집는
강아지들
뒷다리 노란 솜털이
어제보다 더 짙어졌네.
주린 배 잊고 선잠에 쫓기는 어미
반쯤 감긴 눈에
아른거리는 장터 가는 길.

4

보리쌀 한 되 주고 바꿔 온
햇복숭아 한 바구니
성긴 털 씻어 나눠 주는 어머니
골목길 넝쿨장미 짙붉은 향기도
살짝 함께 묻혀 쥐어 주시네.
한입 가득 넣고 또 손 내미는 동생들
지나가던 흰 구름 한 조각도
마냥 기웃거리는
초여름 고향집.

소쩍새 소리

그 님이
내 앞에 와서 머물다 간
자리는 비어 있습니까.
비었다면 무엇이 있습니까.

님의 미소가 남아 있습니까.
님의 향기가, 님의 사랑이
남아 있습니까.

어느 날
홀연히 가 버린 그 님의 공간에는
아무것도 남아 있는 것이
없습니다.

그 빈자리에는 다만,
님의 미소를
님의 향기를
님의 사랑을

못 잊어 하는
내 마음만 서럽게 울며 앉아 있을 뿐입니다.

고로쇠나무의 봄

눈 녹아 흘러내리는 산기슭에
뻐꾸기 소리 들리면
나는
등 구부려 겨울옷 말아 올리고
하얀 영혼을 내놓는다.

얼음 낀 파이프가
굶주린 이빨처럼 파고들 때
돌같이 씹히는 어미 된 운명
입술 파-란 별을 본다
얼굴 노-란 달을 본다
플라스틱 통에 피 넘칠 때
먼 들판 몽롱한 하늘 쪼고 있는 종달이는
내게로 오는가 가는가.

해마다 더 하얗게 보이는 여름
지쳐서 졸다 가 버리면
황달 들은 잎사귀 맥없이 떨어지고
그 칼바람 부는 모퉁이에

또 나서야 한다.
앞산 고갯길 봄이 오기 전에
한 올 한 올 실핏줄
다시 이어 기워 놓으려면.

묻지 마라
너희는 아직 모른다.

바람처럼 다녀오네

KTX 열차에 앉아 빌딩 사이로 곧 굴러 떨어질 저녁 해를 바라보고 있다. 눈부셨던 한낮의 태양 사그라지는 빛의 영광을 생각한다. 붉은 그림자가 가득히 차창에 깔리며 도시는 촘촘한 그물 속으로 빨려 들어간다. 검은 탈을 쓴 밤의 광란이 곧 시작될 것이다. 찬바람 휘감긴 빌딩 등 뒤로는 출렁이는 검은 물결. 그 화려했던 한낮의 옷가지들은 바닥을 가늠할 수 없는 어둠의 늪에 잠겨, 흙먼지 덮어쓰고 걸레처럼 썩을 것이다.

한강 얼음은 누더기가 되어 떠 있다. 남도 천리 달려온 열차는 이마에 땀이 흐른다. 쉰 목소리로 가쁜 숨을 토해 낸다. 모두가 나름대로의 사연을 칭칭 두르고 다시 현실의 문으로 들어오는 저녁 열차.

한쪽으로 고개를 떨어뜨리고 있는 아이는 여전히 꿈 속인데 젊은 엄마는 아이를 옷에 맞추려 애쓴다. 휴대 전화 붙들고 있는 곱상한 얼굴은 윤곽만 있을 뿐 표정이 없는, 아직도 붓질을 더 해야 할 미완성 그림이다. 불빛 흐릿한 한밤중 막사, 고드름 뚝뚝 흘러내리는 막사.

전방으로 귀대하는 병사에게는 불침번 설 일이 멍울처럼 마음에 걸린다. 화장을 다시 하는 여인은 무슨 생각을 하고 있을까. 붙이는 속눈썹에는 새벽녘 엷어지는 달빛이 묻어 있다.

불빛은 화려하지만 빌딩의 골마다 눈발이 비치는가. 눈앞의 모든 형상도 불규칙하게 흔들리고 굴절된다. 종착역에는 언제나 씁쓸한 바람이 유령처럼 떠다닐 것이다. 그래도 기대하고 싶다 아직도.

발목의 상처는 점점 깊게 파인다. 족쇄를 풀고 허겁지겁 도망가듯 돌아오는 길이지만 상처는 더욱 아리고 노을은 밀랍같이 답답하게 가슴을 색칠하고. 나는 죄책감과 불안의 암 덩이를 안고 다시 눈을 감는다. 그 암 덩이. 피할 수 없는 족쇄인가. 도마뱀처럼 위장한 허위인가. 도피하기 위해 설명을 조작하는 변명인가. 아무리 둘러대도 왜 메말라 갈라진 강바닥만 보이고 갈증만 더 불타는가.

몇 시간 전 떠나온 그곳. 가면 언제나 철수와 영희, 바둑이, 아빠 엄마의 전설 같은 동화가 있는 곳. 어느 날에는 아내와 함께 저녁 해를 뒤에 두고 방문을 닫을 그곳. 가슴 저미는 그곳을 지나가는 바람인 양 뒤돌아보지도 않고 다녀왔다.

어머니는 이 밤도 혼자 봇짐을 챙기고 계신다.

어머니의 봄소식

어머니,

실비가 나뭇가지를 적시고 강가의 물안개가 산허리로 스며듭니다 봄이 왔습니다

벚꽃은 남쪽에서 올라온다고 행차하는 것처럼 야단이지만 개나리는 몸을 비틀며 곳곳에서 함성을 지르지만, 이미 한 달 전입니다 어머니 집 창가에는 영산홍이 빨-간 입술 뾰족이 내밀고 봄소식을 전했습니다. 아파트 모서리 양지에서 찬바람 버텨 온 산수유도 노란 무늬 옷 걸친 지 꽤 오래됐습니다.

어머니,

창으로 들어오는 바람은 아직 싸락눈의 독기를 다 씻어내지 않았지만 한결 맑고 온화합니다. 시간을 놓쳐 버린 당신도, 가는 길 잃어버린 당신도 봄 오는 냄새는 느끼시는지요. 봄 오는 소리는 듣고 계시는지요.

한두 숟갈 입에 넣어 주는 미음에 향긋한 냉이 쑥국 냄새야 깔렸겠습니까마는 오늘 아침에는 시멘트 벽에

유령처럼 기댄 마른 나뭇가지들이 오랜만에 웃습니다. 참새들이 몇 마리 모여 햇볕을 쬐며 놀고 있어요. 지금은 닳아 해어져 이어지지 않는 옛날이지만 봄이 오는 창가로 고개를 돌려 보세요. 몇 가닥 추억이라도 남아 있으면 까마득히 잊어 가는 봄, 그 봄의 고향 길을 꿈꾸듯 걸어가 보세요.

봄이야 매년 이렇게 오겠지만 이렇게 왔다가 또 가고 또 오겠지만 어머니의 봄은 기약이 없는 듯해 더욱 슬프고 아픕니다. 발걸음만 재촉하는 시간이 한없이 야속할 뿐입니다.

그 봄날에

늦가을 감나무잎 같은
누런 사진 한 장
다섯 살 적 고향 뒷산
동생은 등에 업혀 있고
나는 서 있고.

쪽머리 하신 어머니 말씀하시네.

아득한 구름 위 가물거리는 숲길
그래 그때지
웬 산매화는 그렇게도 화사했던고
웬 진달래는 그렇게도 붉었던고
뻐꾸기 쉼 없이 문 두드리던 골짜기
지금도 하얀 바위 위에는
산벚꽃 가지 누워 있으려나.

거울에 비친 소복한 발등 위로
갓 나온 피라미 장난치고
꽃전 굽는 냄새 푸른 연기에 실려

순한 산허리 기어오르던 때.

올해도
그 봄은 그 봄인데
속마음만 저미는구나.

요즈음도 손수건은 꼭 챙겨 다니느냐.

코 흘리던 아이는
스무 살 갓 넘은 새댁의
봄놀이 사진을 무덤에 올리며
새삼 주머니에 손을 넣어 본다.

빛바랜 수의壽衣 벗고
연두색 옷 갈아입은 잔디가 참 곱다.

이성복 교수

추위 한꺼번에 몰아닥치던 그날 저녁, 응급실로 뛰어 갔을 때 두 손으로 당신의 가슴을 압박하고 있던 젊은 의사는 이마에 맺힌 땀 닦으며 말없이 병실 나가고, 춤을 출 듯 말 듯 하던 화면의 그래프는 수평선만 그리다 꺼지고. 당신은 마침내 하얀 천으로 덮이고.

아무렇지 않게 나간 저녁 약속. 몰래 아가리 벌리고 있던 응급실 그 흐린 늪에 당신의 발이 빠지는 순간부터 내가 해 줄 수 있는 것은 아무것도 없었다. 봄 여름 가을 겨울, 이 거리 저 거리, 당신과 나 사이의 질긴 인연이 면도날로 잘리듯 단절될 때 우리가 함께했던 오랜 시간이 끝나는 경계, 백지장보다 더 얇은 찰나 같은 시간과 또 다른 시간 사이 — 존재와 주검의 그 하얀 경계를 나는 차가운 눈으로, 오직 차가운 눈으로 지켜만 보고 있었다.

당신은 흰 배를 타고 강을 건넜는지, 지나가던 흰 구름에 실려 날아갔는지, 내가 방관자처럼 지켜보던 그 한순간의 틈, 당신의 영혼은 봄날 아지랑이처럼 증발

됐고, 당신의 남은 시간은 흔적 없이 몰수됐고, 당신의 몸은 갯벌의 폐선같이 버려졌는데, 그날 나는 서릿발처럼 가슴에 끼는 이별의 의미를 달빛에 씻을라나 그냥 걸어서 나왔다.

이 먼 겨울밤에도 시러큐스* 캠퍼스의 눈은 점점 더 쌓이기만 하고 기숙사 언덕에 서성이는 당신은, 성긴 눈발 하얗게 덮어쓴 젊은 당신은, 아직도 돌아갈 생각을 하지 않는데.

---

* 시러큐스(Syracuse): 미국 뉴욕주 북부의 도시. 눈이 많이 내린다. 1980년대 초 시러큐스대학교에서 이 교수를 처음 만났다.

임 종

하늘도 강물도
거울처럼 고요한 오후
하얀 벌판에는
할미새 한 마리 동그란 눈 뜨고
강 건너 지켜보는데

떠나려고 마지막 숨을 챙기는 사람
연꽃 이불을 덮고
누워 있네.

귀에다 입술을 대고 내 왔다고 하자
감긴 두 눈에서 배어 나오는 눈물.

다 지워지는 화면에
내 모습 보이는가
한 올 실낱같은 생각 붙들고
흐느끼는 소리 듣는가.

기다려 주어 참 고맙네.

온 몸으로 껴안고 있는
그 기다림조차
한순간 내려놓으면
어디론지 모르는 길
그대는 영원히 가네.

서쪽 산봉우리에는 손바닥만 한 노을
겨우 걸려 있고
초저녁달은 만장처럼 펄럭이는데
온다는 배는 오지 않네
할미새도 날아가려 날개 추스르고
산골 열차는 목마른 기적을 울리는데.

가거라
세상사 훌훌 벗어 던지고
이제 가거라.

강 건너 조각배여 어서 오라
칠흑 같은 밤

내 통곡소리도 삼켜 삭일 터이니
와서
가야 할 사람
한 줄기 연기로
눈물 없이 떠나게 해 다오.

별이 떨어집니다

햇볕이 따가운 오후입니다. 모르는 길입니다. 땀을 비 오듯 흘리며 왔던 길만 자꾸 오갑니다. 몇 시간째인지, 아는 사람은 아무도 만나지 못했습니다. 집에 가야 하는데, 가는 길을 잊었습니다.

살얼음 같은 선잠 자다가 깼습니다. 네거리 신호등 옆에 매일 나와 있는 사람이 있습니다. 생각의 끈을 놓쳐 혼자 웃기도 하고 무언가를 중얼거리며 망각의 거리에 서 있는 그 사람. 알 리도 없는 나를 보고 웃습니다. 얼굴 마주치기 싫어 내가 먼저 못 본 척합니다. 그 사람은 계속 웃으며 네거리에 서 있고, 나는 잠이 오지 않습니다.

어제 길거리에서 만나 반갑게 악수한 대학 친구의 얼굴이 문득 떠오릅니다. 왜 그의 이름을 생각해야 하는지, 여러 성씨에 갖가지 이름을 갖다 붙여 봅니다. 언제부터인가 기억의 창고를 뒤져 보물 찾듯이 이름을 검색하는 습관이 생긴 탓입니다. 꽤 오래 머리를 굴려도 맞아 떨어지지 않습니다. 괜히 헛수고한다고 여러

번 포기합니다. 그래도 잠은 오지 않습니다.

오늘 밤에도 저 하늘 구석에 있던 서너 개 별자리가 모두 떨어져 나가 동그란 빈터가 생긴 것 같습니다. 바람 불지 않는 밤에도 파-란 별들이 시간의 틈새를 지나며 회색 돌로 변하고 있습니다. 동여매려고 발버둥 쳐도 손이 닿지 않는 아득한 거리에서 하나둘 계속 떨어집니다. 별똥별이 쌓이는 곳은 아무도 모릅니다. 머지 않아 별빛 다 사라진 도시의 밤하늘에는 부연 안개만 깔린, 숨 막히는 공간만 남겠지요.

그 공간도 어둠이 모두 삼켜버리면 어느 캄캄한 망각의 거리 한구석에 어떤 사람 누워 있을 겁니다. 화장터 굴뚝 위에 연처럼 걸렸다가 바람에 실려 사라질 백치가.

한여름 바닷가 은하수 물결이여. 초롱초롱 반짝이던 내 푸르던 날의 별들이여. 내 영롱하던 지혜여.

그 줄에 서 있네

우유덩이 끓이던* 학교 운동장 구석
온천탕 같은 가마솥 보며
구수한 냄새 킁킁거리던 유년의 줄
머리에 쇠버짐 핀 그 친구
등이라도 떠밀고 싶었지.

얼마나 신나던 줄이었던가
앞만 보고 달리던 젊음의 줄은.
하얀 사기 팻말 얼굴에 붙이고
구름 속으로 날아가는 철탑 줄처럼
들판 길 치달리는 전봇대 줄처럼.

이젠
뒤에서 자꾸 등을 미네
끌리듯 따라가는 줄
눈치가 보여
쉬면서 가겠다고 할 수도 없고.

저 고개
꽃상여 줄 맨 앞에 누워
가슴 조이며 넘어가면
또 어떤 줄이 기다리고나
있을까.

당인리 고목 한숨 쉬네

당인리 화력발전소 옆길 걷다가
팔 벌려도 안을 수 없는
느티나무를 만났다.
긴 한숨부터 쉬며
더듬더듬 하는 얘기.

수십 리 하얀 모래밭 눈부셨던
한강, 그 까마득한 옛날부터
가지 끝에 달 얹고 살아온
서강 마을
발전소를 땅속으로 묻고
공원을 만든다는데

이 몸으로는 다른 곳
갈 데도 없고
이대로 서 있게만 해도
더 바랄 일 없지.

2차선 길 넓힌다며 톱날
갖다 대고 아스팔트 깔면,
잘린 몸뚱이
화장火葬이나 해 줄라나
다시 온다 해도 허공만 떠돌다 가겠지

붉은 물기 다 빠져나가고
어둠이 깔리는데
옷자락을 놓지 않는다
해 줄 말 한참 생각하다가
"그러게요"
시커멓게 튼 손만 잡아 주었다.

미루나무

모두가 떠나도 갈 곳이 없다
드러난 맨살 한 겹 한 겹 벗겨지는
언덕배기.

산 넘어가는 새털구름
옷자락은 왜 저리도 고운가
하늘은 왜 저리도 푸르고, 바람은
왜 저리도 한가하게 살랑이는지.

잎 바랜 코스모스
고개 치켜들며 귓속말 속삭여도
지나가는 뱁새 한 마리
어깨 툭툭 건드리며 날아가도
부질없는 인연의 뒤끝일 뿐,
등 돌리고 떠나가는 길
마른 나뭇가지에 달빛만 더
촉촉이 얹히지.

텅 빈 고개 위 미루나무
긴 목 빼 들고
두고 간 그림자들만
책장처럼 뒤적이고 있다.

내 친구는 정신병원 의사다

아무 슬픔 없이 우는 사람들
아무 기쁨 없이 웃는 사람들
아무 사랑 없이 좋아하는 사람들
아무 분노 없이 소리 지르는 사람들
아무 욕심 없이 다투는 사람들

내 친구는 정신병원 의사다.

너는 울 만하다
너는 웃을 만하다
너는 사랑할 만하다
너는 화낼 만하다
너는 탐낼 만하다.

혼자 눈물 쏟으며 갇혀 있는 사람
혼자 보랏빛 속에 묻혀 있는 사람
혼자 어두운 골목길 헤매는 사람
혼자 구름 위 떠다니는 사람

너에게
나에게
마침내는
스스로에게도

의미를 처방하는
내 친구는 정신병원 의사다.

누구인가 묻네

물새 한 마리
수면 위를 낮게 선회하다가
물고기 낚아채고
산 중턱 높이만큼 치솟네
부리에 물린 작은 생명
햇살에 반짝하네.

아침거리 장만한 물새는
숲속으로 사라지고
한순간 파문을 지운 강물은
바람결 거둬 유유히 흐르고
물고기들은 여전히
꼬리 흔들며 나다닐 것이고

누군가 계속 보고 있겠지
바위와 함께 앉아 있는 나도
바위가 된 이 풍경을.

실타래처럼 얽혀 있는
삶의 고리를 만든 이는,
엮어 놓은 고리를
지키고 있는 이는,
그리고 아무 일 없는 듯
이 모든 것을 지우는 이는

누구인가 그대는.

아침 강가에 앉아
나도, 내 가고 있는 길
묻고 있네.

고마운 만물 수선집 사장님

골목 모서리 만물 수선집
사장님의 골무 낀 손만 거치면
모든 게 되살아난다
뒤축 닳아빠진 신발도
손잡이 고장 난 가방도
짝 잃은 열쇠도
얼굴 못 만든 도장도.

돋보기 끼고 구부정하게 앉아 있는
그는 생명을 붙이는 의사
자르고 잇고 벌어진 살 꿰맨다
핏줄 터진 위장도 대장도
힘줄 늘어난 팔 다리도
휘어지고 닳은 뼈마디도
사그라지는 기억력도.

오늘 아침에도 들렀더니만
잇고 땜질하고 무두질하면
아직은 쓸 만하다더라

진단서가 수북한 장기臟器도
삐끗거리는 골조骨組도.

어느 날
수선 불가능 통보가 떨어지고
버릴 힘조차 없으면
그냥 다시 오라고 한다
돈 한푼 안 받고 버려 준다고.

퇴원하던 날

푸릇한 마대 자루 벗으니
수의 벗어 던지는 기분
겨우 며칠 입원했는데
꼭 일 년은 감옥살이 한 것 같다.

나도 드디어
한 발자국씩 늪으로 빠져드는 건가
입원해 보니 그놈의 허망한 생각
뱀 혓바닥처럼 날름거려
아픈 것보다 더 아프데.

어제는, 만나는 환자들
유심히 관상을 보다가
어느덧 내 관상도 궁금해지더군.
아내 몰래 거울 앞에 섰다가
못 볼 것을 본 것처럼
고개를 돌리기도 했네.

다시는 못 올 곳이라며
뒤돌아보는 형무소.
늦가을 하늘에는
구름 한 점 없었지만
수술 받기 전날 밤보다
더 흐리기만 하데.

신발에는 진흙이 잔뜩 묻어 있네
어디엔가 흙탕물이 또 조금씩
스며들고 있는 건 아닌지.

꿈에서 맛본 죽음

처음 수면 내시경 검사를 받았다
눈을 감자 시간도 공간도 나도
아무것도 없었다.
마취에서 깨어나는 순간
방금 지나간 한 토막 시간은
텅 빈, 그 의미조차도 없는
내 생의 한 무형無形
완전히 없어진 것이었다
죽음도 바로 영원히 그럴 거라는
생각이 들었다.

분명히 내 가슴에 총알이 박혔어
어떤 놈이 무슨 이유인지
방아쇠를 당겼지.
나는 이제 죽었다고 생각하며
그 자리에 쓰러지고.

어떻게 하지 이제 죽었는데
그래도

괜찮은 죽음이라고 스스로 다독거렸지.
피 한 방울 흘리지 않고
아프지도 않았으니까.

그러나 어!
죽은 내가
죽었다는 생각을 하네.

나도 모르게 웃음이 터지더군.
춤이라도 추고 싶더군.

내 슬픈 날에 오거든

친구
내 슬픈 날에 오거든
빈손으로 오게
꽃 한 송이도 큰 짐이고
눈물 한 방울도
내 가슴에는 돌덩이네.

친구
함께 부를 노래나
한 자락 채워 오면
어떨까
자네 한 자락 뽑으면
내 벌떡 일어나
음치 가락 양념해 주지.

내 먼저 가도 우린 한동안
그저 멀리 있어
보지 못할 뿐이네
바다 건너 어디에 살고 있다는

친구처럼
다시 만나자는 약속이라도 하세.
황천에도 우체국이야 있겠지.
내 그곳에 정착하면 주소는
자네 꿈길에 남겨 놓으려네.

글쎄, 주소가 없더라도
누가 알겠는가
다짐만 하면,
그곳 동네 길모퉁이 돌다가
우연히 마주칠지.

다시 돌아올 것이네

이 세상으로
다시 돌아올 것이네
풀숲에 숨어 있는 꽃 한 떨기처럼
별밭에 숨어 있는 우리의 고향.

은하수 어느 물결에 흘러가다가
별 구름 불꽃놀이 구경하다가
또 다른 세상 들러
못 잊을 친구 만나더라도
못 잊을 사랑 남겨 놓더라도
산등성이 하얗게 굽이쳐 넘어가는 길
내 고향 저부실*로 다시 돌아올 것이네.

안개는 산허리에 자욱이 깔리고
아침 강가 물새들
먹이 찾아 휘이익 동그라미 그리는 곳
때로는 발갛게 물들고
때로는 하얀 이불 곱게 덮이는 마을
저녁연기 모락모락 올라오는
마을로.

수십만 년 걸리는 머나먼 길
오다가 또 태어나고 태어나더라도
꼭 다시 돌아올 것이네.

---

* 경북 문경시 마성면 오천1리의 본래 이름.

함께 가자네

마을 앞 돌다리 건너
썩은 삼태기 같은 초가집
산 그림자만 깔리는 동네 외진 곳.

할배 할매가 유령처럼 앉아
하루 종일 사람 사는 동네만
지켜보고 있었다던가.

이 세상
마지막으로 뒤돌아보는 곳
산모퉁이 바람 얼굴 할퀴어
피눈물 뿌리는 곳
잿빛 머리 산발했던
그 돌다리 집이
오늘은
달빛 속에 박꽃으로 피었네.

손수건 꺼내며 다시 한 번 뒤돌아보는
고향집

넝쿨 장미 사립문 열리고
노란 호박꽃 기어오르는
돌담 텃밭 돌아
기다린 듯 뛰어 나오는 사람.

내 곁에 와 머리 기대며
또 다른 한 세상도 함께 가자네.

의자 하나 갖다 놓자

내가
검은 물속으로 잠기는 노을을 보며
먼 산 넘어가는 길의
가는 길 혼자 물을 때,

서너 번 갔던 곳도 헤매다 찾아오는
아내가
삐꺽거리는 의자 뒤로 왔다.

"친구의 남편은 두 눈 다 잃었는데
일흔 살 지난 지금도 매년 서너 번
함께 해외여행을 한다네.
황천길 갈 때도
문 밖에서 기다리기로 했대"

말없이 함께 바라보고 있는 그 길
달빛 받으며
먼 잿마루 기어 올라가는 길.

우리도
집 앞 어디쯤에
이 삐걱거리는 의자라도 갖다 놓기로 하자
누군가 먼저 떠난 사람
거기서 또 한 번 더 죽더라도
편히 기다리게.

해 저무는 길

안산 자락 길 걷다 보면
아내는 항상 뒤처진다.
오솔길 모서리에서 기다린다.

소나무 몇 그루 서 있는
산비탈 길
할아버지는 할머니가 건넨
손수건으로 땀을 훔치며
걸어 온 길 내려다본다.

굽이굽이 휘어 있는 길
가마득한 길
저렇게 멀고 휜 길을
이렇게 빨리 왔는가.

다시 일어선다.
길어진 그림자도
함께 손잡고 따라 나선다.
돌멩이 듬성듬성 박혀 있는
비탈길.

저 길 어디쯤, 몇 년 후일까
산등성이로 아스라이 사라지는
길
누군가는 혼자 남아
빈손 거두고 거두며
가야 할 그 길.

아내는
또 몇 걸음 뒤처져 있다.

잘 가게

나는 이렇게 모든 것이 멈춰 선 빈방에 앉아 바싹 마른 나뭇가지 뼈 부딪치는 소리 듣는데 자네는 뭘 하고 있는가.

흰 구름 사이로 푸릇한 바다 내려다보다가 우리들의 나이 곱씹다가, 한 줌의 재로 그 땅에 묻히면 죽어서도 그 나라 사람 되는 게 아닌가, 돌아오지 못할 길이라면 이게 북망산北邙山 가는 길 아닌가, 막막한 가슴 혼자 이 생각 저 생각 하겠지.

싸락눈이 조금씩 오고 있네 여기는. 잔디 위에는 이미 A4 종이가 몇 장씩 깔려 있네. 점박이 어미 고양이는 저녁거리 마련하려고 축 처진 배 내놓고 어슬렁어슬렁 창밖을 지나가네. 마른 가랑잎 몇 장 눈바람에 날려 벌레처럼 날라 다니고. 혼자 중얼거리는 TV는 한강에 뛰어든 사람 뉴스 전하네. 봄도 여름도 아닌, 이 매서운 바람 불고 얼음장 떠다니는 날에 하필이면.

그래,

중학교 입학식 때였지. 봄바람 귀 간질이던 운동장에서 까까머리 교복 입고 내 앞에 서 있던 때. 생각하면 꿈같은 먼 길 잘도 어울려 왔는데 한 토막도 안 남은 여정 지금 와서 뭣 때문에 헤어져야 하는가. 자식이 옆에 오라고 해서 간다고는 하지만 먼 나라에선들 쇠락하는 나이 피할 수 있겠는가. 자네에게, 한평생 짊어지고 온 짐 이제 더 큰 짐이나 짊어지지 않길 바랄 뿐 더 바랄 일도 없네. 또 한 번 다짐이나 하게나.

머지않아 곧 사그라지는 인생, 다 타 버린 새벽녘 화톳불처럼 불길 하나 붙잡고 있다가 동트기 전 소리 없이 꺼지자, 남은 삶 초라하게 생각하지 말고 살아 있다는 것에 대한 고마움을 살아가는 이유로 삼자.

함께 있던 시간 이제 한강 얼음 갈라지듯 쪼개졌으니 그 얼음 서로 어떻게 흘러가는지 알 수나 있겠는가. 어느 날 홀연히 생각날 때 지난 세월 한 올 한 올 풀어 보자. 차곡차곡 접어 둔 종이 펼쳐 보자. 그리워하자.

그리워하다 보면 바람처럼 지나가는 소식이라도 들리겠지. 자식들 편이라도 연락이나 자주 하자. 먼저 떠났더라도 못 챙긴 인연, 뒤에 누군가 거둬 갖고 올 수 있게.

가는 열차는 모두 종착역이 같다고 하데. 먼저 간 사람이 꼭 마중 나와야 하네. 위에서 내려다보면 오는 사람이야 보이지 않겠나. 그곳에서는 주름살도 늘지 않는다고 하더라. 대합실 구석에서 두리번거리다 보면 마중 나온 사람은 옛 모습 그대로 눈에 띄겠지 않겠나. 팻말 들고 있지 않아도.

허공으로 날리는 눈발이 힐끔 힐끔 엿보는 창밖. 나이의 등살을 쓰다듬어 보는 긴 밤은 또 와 있네. 더욱 어두운 밤이 될 거 같네.

잘 가게.

정 *

이제는 자주 만나세
앞으로 몇 번이나 더 만나겠는가
다시 만난다 한들 낯선 곳이
이 세상만 하겠는가.

만나고 만나도 다 채울 수 없는 정
한 걸음도 안 남은 길
수북이 쌓으며 가세.

어제 그 흐릿한 막걸리집도
목소리 높이던 얼굴들도
한 장 한 장 새로운
이 세상 추억일 걸세.

아니, 그만 만나세
내가 먼저 가면
한강 저녁노을
혼자 껴안아야 할 자네는,

자네가 먼저 가면
광화문 뒷골목
혼자 서성거려야 할 나는,

남기고 간 정
감당 다 못 할 한세상 인연을
누군가 혼자 꿀꺽꿀꺽 삼키고 있을 터.

이만하면 됐네
지난 세월 함께 보듬어 온 정만
곱게 껴안고 가도
남은 인생 그리 아쉽지 않을 것 같네.

그런데도 또 모르겠네
어젯밤 돌아오는 길에는

겨울 나뭇가지 그림자가
자꾸자꾸 따라오며
치근거리데.

---

* 김형석 교수의 책 《백년을 살아보니》(2016) 127~128쪽 참조.

허수아비 떠나던 날

늙은 허수아비는 안다.
하늘이 느닷없이 높아지고
햇볕 따가워질 때
벌판 쏘다니는 바람이
왜 밤마다 눈물 맺히게 하는지.

누런 감 올망졸망 달고 있는
산자락 감나무는
허연 뼈 드러낸 몸으로 손 흔드네
수백 년 썩어 허물어진 상엿집은
외면하며 주저앉아 있고.

한 계절 굳어버린 두 팔
옷자락 여미기도 힘든
외다리 허수아비
산 그림자 치마처럼 덮여 오면
목발을 챙겨야지

앙상한 몸 감싼 누더기에
밤이슬 내리고
달빛 출렁이면
올 터진 볏짚모자 고쳐 써야지.

밤새워 혼자 가야 할 길
온종일 수다 떨던 참새들은
얼굴조차 내밀지 않는데

요란한 풀벌레 소리
저것들은 뭘 아는가.